それ行け ちよさん!!

ありがとさん

ちよ女

たま出版

歌舞伎座で　（東京）・開演前

日本のこころ
医者井戸を掘る
漢字辞典
古事記
ユングと東洋
黄金の華の秘密
ギリシア神話
粗大ゴミからの脱出
ITALIA
Olio Italiano
Extravergine
di Oliva

お気に入りのエプロン

生命《いのち》の源《みなもと》〈宙《ソラ》〉へ　（喜びと感謝に満ちる）

〈宙《ソラ》〉を見る　（美しく若返る）

初めて〈宙《ソラ》〉を見た日　（色白になる）

〈宙《ソラ》〉を意識する（活力が湧いて来る）

帝 国 ホ テ ル に て

月下美人を賜る（2005 年）

歌 舞 伎 座 で （ 終 演 後 ）

一作目の御本を手に（2005 年 11 月）

うれしくって!!
ありがとさん

宝塚劇場にて（東京）

〈宙《ソラ》〉を見た日

ハート型の李《すもも》

ありがとう!!

お庭の李《すもも》

なつかしい古里（現在）

思索中《しさくちゅう》（必志《ひっし》）

〈宙《ソラ》〉・〈宙《ソラ》〉・〈宙《ソラ》〉へ　幼子の心になる

初・富有《ふゆう》柿一つ

収穫したネーブル

談　笑

もういいかい!!

一冊目の御本（2005年11月）

３冊の御本（2007年１月）

はじめに

粗大ゴミとなりいる今を嘆きつつ　天命ある日を清く待ちたし

二〇〇二年七月二十七日。

横浜の娘宅を終《つい》の棲家《すみか》と覚悟した、九十二歳の時のうたです。

病と共にある私は、ただお迎えを待つだけでした。そこに与えられた新しい環境は、私にとって、全く想像していなかった最後の花を咲かせてくれました。

夢が正夢になるという、現実に起きる日々の体験を経て、〈人間とは何か〉を知ることができたのです。

これは、〈ウーマンズ・ビート大賞、カネボウスペシャル21〉へ応募した、〈粗大ゴミからの脱出〉の次に、次回の応募作品として準備したものです。

私の生命《いのち》のふるさと、〈宙《ソラ》〉を、実体験として記《しる》しました。いつの日か、皆さんに読んでいただく機会があれば、幸いです。

二〇〇五年（九十五歳）記
ちよ女

一の端を
竜が支えて
命づな

うたの手習　ちよ女

目次

〈一〉

夢現《むげん》の中で

カブト虫のようなワゴン車が、歩道と車道の区分壁にぶつかり、撥《は》ね返った瞬間、ゴロンと一転し、四輪を空に向けてひっくり返りました。固唾《かたず》を呑《の》んで見ていると、フロントガラスも、ドアの窓ガラスも一瞬でなくなっていました。事故車に続く後ろの救急車から、白衣の方が飛び出し駆《か》け寄って行きます。

逆さまになったワゴン車の、足掻《あが》いている車体から、女の方が先に、這《は》い出して来ました。反対側の風穴《かざあな》になった窓からは、救急車から走り出て来たお方が、逆さまになった窓から男の方を外へと引っ張り出しました。お二人とも生命《いのち》に別状はない様子でした。駆《か》け付けて来た制服姿の警察官が、破損《はそん》した車を点検していました。事故車を残して、後の救急車にお二人は乗って行かれました。

（ああ無事で良かった……）

すぐ目前で見た事故が、夢の中でのできごとであるとは思えませんでした。

物忘れが多くなってきているので、見たままを記《しる》しました。文字に活写《かっしゃ》すると、鮮明な映像は、何かを私に見せ付けているように、いつまでも頭の中に居すわって、消えないのです。

事故の夢を見た日の夜九時頃、娘は、お友達のリョウさんから、〈車はダメでしたが、無傷でした〉、との連絡をいただいていたのでした。

私は、ヨボヨボの、皺《しわ》くちゃあーのババアーです。ババアーと公言しても、どこかの政治に携《たずさ》わっている偉いお方と違い、賢い方々から、口害《こうがい》で訴えられるというようなことは起こりません。

（齢《よわい》九十五歳。こうしてまだくたばらないで生きてるよおッ）

――と。

威勢《いせい》よく一人で叫んでみても、こんな粗大ゴミに等しいババアーの言葉には、誰も耳をかさないでしょう。

変な年寄りが、頭の回線経路《かいせんけいろ》をチョイット狂《くる》わせて、何かわめいてる――としか。

横浜に来てのこの二年間、自分で自分を評価できませんが、

（私、何でこんなに変わったの？）

（私、突然変異《へんい》の変態《へんたい》なのかしら――）

しばし夢現《むげん》の体験をする中で、誰にも申し上げることもできず、戸惑《とまど》うことばかりでした。

二〇〇四年二月二十二日、この日めずらしく、うたた寝をしな

がら見た夢が、現実に起こっていたことを詳しく知ったのは、その数日後のことです。

リョウさんは、バラの花束を私に手渡しながら、

「ちよさん、益々《ますます》お元気そうですね、目が輝いてるぅ」

と、いつもの笑顔でした。

「あの日病院に行ったけれど、夜には帰ってこれたのです。ほら、このとおり」

目の前のお元気なお姿を拝し、私は無傷であったことが不思議でなりませんでした。

（廃車になる程《ほど》の事故で、無傷だなんて!!）

かすり傷もなかったという、リョウさんの無事なお姿を見て、生まれてこの方、初めてとも言える感動に、涙腺《るいせん》が緩《ゆる》んでしまい

ました。

こぼれ落ちる私の涙を厭《いと》わず、やさしく、肩にそっと手をおいて下さいました。

私は、オワン、オワンと幼子の心に戻って、

(ご無事でよかった、本当にお怪我《けが》もなくてよかった)

嬉し涙が頬《ほお》をつたい、床の上に座り込んでしまいました。

大好きなチョコレート菓子、果物《くだもの》、いちごのショートケーキを、一つひとつ喜びを込めて私に見せて下さるのでした。リョウさんの喜びが、嬉しさとなって私にも伝わってきました。私が夢の中で見た、事故車を運転していたお方が、娘より五歳年上の、このリョウさんでした。

私はすぐには信じられず、何故か夢の中にいるような心地でし

た。とっさには、無事なお姿を見ても、ねぎらう言葉が出ず、私は、ご本人を前にして、こうしてお逢いできたことで泣くばかりでした。

私が二月二十二日に見た夢を書き記《しる》した内容と、時間も状況も、寸分の狂《くる》いもなかったのです。

「ユングの共時性《きょうじせい》でしょうね」

そんな会話を娘と楽しそうにするリョウさんは、七〇歳とは思えないほど、若々しく、そして美しいと思いました。

「それにしても、夢が現実に起こっている事柄と一致するなんて、すごいですね」

私には、何がすごいことなのか判りませんでした。遺伝子《いでんし》工学や深層《しんそう》意識《いしき》についても博識であるリョウさんのお話は、私には全く判りませんでした。
昔からお迎えが近いと、このようなことが起こると、仄聞《そくぶん》して
いたことを、あれこれと思い出しておりました。
お迎えを待てなくて、私の魂が、勝手に顕幽両界《けんゆうりょうかい》を行ったり
来たりしているのではないか、と思うのです。
あちらの世界に行ったり、よぼよぼシワシワの身体《からだ》に戻ったり、
しているに違いないと——。
まさか、満身創痍《まんしんそうい》の私が、こんなに長生きするとは、思っても
いなかったのです。
リョウさんは、事故の詳細を私にも説明して下さいました。帰
宅途上《とじょう》の四時過ぎに、自宅に近い交番の前を通り過ぎた所で、
一瞬睡魔《すいま》に襲《おそ》われ、ハンドルを切り損ねた《そこ》とのことでした。

郵 便 は が き

恐縮ですが
切手を貼っ
てお出しく
ださい

160-0004

東京都新宿区
四谷 4－28－20

(株) たま出版

ご愛読者カード係行

書　名				
お買上 書店名	都道 府県　市区 郡　書店			
ふりがな お名前			大正 昭和 平成　年生　歳	
ふりがな ご住所	□□□-□□□□			性別 男・女
お電話 番　号	(ブックサービスの際、必要)	Eメール		

お買い求めの動機

1. 書店店頭で見て　2. 小社の目録を見て　3. 人にすすめられて
4. 新聞広告、雑誌記事、書評を見て(新聞、雑誌名　)

上の質問に 1. と答えられた方の直接的な動機

1. タイトルにひかれた　2. 著者　3. 目次　4. カバーデザイン　5. 帯　6. その他

ご講読新聞　新聞	ご講読雑誌

たま出版の本をお買い求めいただきありがとうございます。

この愛読者カードは今後の小社出版の企画およびイベント等の資料として役立たせていただきます。

本書についてのご意見、ご感想をお聞かせ下さい。 ① 内容について
② カバー、タイトル、編集について
今後、出版する上でとりあげてほしいテーマを挙げて下さい。
最近読んでおもしろかった本をお聞かせ下さい。
小社の目録や新刊情報はhttp://www.tamabook.comに出ていますが、コンピュータを使っていないので目録を　希望する　いらない
お客様の研究成果やお考えを出版してみたいというお気持ちはありますか。 ある　ない　内容・テーマ（　　　　）
「ある」場合、小社の担当者から出版のご案内が必要ですか。 希望する　希望しない

ご協力ありがとうございました。


〈ブックサービスのご案内〉

小社書籍の直接販売を料金着払いの宅急便サービスにて承っております。ご購入希望がございましたら下の欄に書名と冊数をお書きの上ご返送下さい。

ご注文書名	冊数	ご注文書名	冊数
	冊		冊
	冊		冊

私も七〇歳ぐらいまで、倉敷《くらしき》の笹沖《ささおき》付近で車を運転していたので、偶然にしてはできすぎている事故現場の設定には、驚かされました。

速《すみ》やかに、手際よく、事故処理ができたのは、交番の近くで事故を起こしたから、とのことです。更に驚いたことに、後続車が御誂《おあつら》え向きに、空《から》の救急車でした。呼ぶ手間すら省いて、お二人を病院へとそのまま運んでいます。

ご夫妻共に無傷で、血一滴も流れることがなかったとのことです。

私が見た夢は、幻でなく、現実に起こっていたのです。

夢現《むげん》といいましょうか、まさに正夢でした。

私が、この横浜の末娘宅を終《つい》の棲家《すみか》と決めるまで数年間は、長女と次女のもとでお世話になりました。脳梗塞《のうこうそく》を患《わずら》い、その後遺症《こういしょう》と闘いながら、入退院を繰り返しておりました。その為、ここに来て二年余り経った今でも、ズキンズキンと頭が重くなり、痛くなったりします。時折、頭の中で、回線経路《かいせんけいろ》が混線するのか、故障をきたすこともしばしばあります。それ故、すぐ忘れ去って、大事なことが思い出せなくなったりするのでした。

大切なことは、いつも書き記《しる》すことにしておりました。それは、脳梗塞《のうこうそく》の後遺症《こういしょう》で、数年前までよく聞こえていた耳が、聞きとりづらくなっているからでもあります。左耳の聴力は失いました。今は右耳が補聴器でかろうじて、聞きとれるのみとなってしまいました。

一字一句を忘れないようにと、記《しる》しておいたことで、正確に、今鮮明に、リョウさんのお話に照合《しょうごう》することができるのでした。九十五年間、私なりに培《つちか》ってきた、常識という範疇《はんちゅう》では考えられない、

夢現《むげん》〈夢が現実と一致する〉

という、不思議な体験でした。

リョウさんは、お帰りになる時、

「地球大進化のご本、次のが出たらお持ちしまーす。もっともっとお元気でお勉強してね」

さよならを言いながら、私は、以前にもこのお方から、遺伝子《いでんし》のご本をいただいていることを思い出していました。

（このお方のように若かったら、どんどん読めるのに）

読む意欲はあっても、目がショボショボなのです。時折興味のある所のみを、天眼鏡《てんがんきょう》片手に、活字を拾うのがやっとでした。

人間は勝手なもので、今、私の頭の回線経路《かいせんけいろ》は、いつもよりも作動するのでした。何故かと申しますと、私が楽しく嬉しく、御《ご》機嫌《きげん》が良いと、心身《しんしん》ともに軽やかになって、全てが良い方向へと、回線経路《かいせんけいろ》は素直にお働き遊ばすのでした。この状態の時には、老眼用の眼鏡をかけると本も読めるのです。

(脳天気……私の心次第なのです)

傍《はた》から見れば、身勝手な気まぐれババアーでしょう。

二階の自室に戻ってから、

〈地球大進化NHKスペシャル、四十六億年、人類の旅〉

というご本を開いてみました。地球が進化することは、人間の私自身が、小宇宙として進化することであることが、この本のお蔭で判り始めたところです。

今、私は〈宙《ソラ》〉に興味を持ち始めました。小宇宙である人間の私について、そして目新しい分野である遺伝子《いでんし》について、少しずつですが勉強し始めたところでした。

地球という大宇宙の成り立ちと、遺伝子工学《いでんしこうがく》から見た小宇宙の、人体の細胞の神秘を覗《のぞ》く、新しい知識を吸収することは、私には至上の喜びでした。

この歳にふさわしい、老化したシワシワ頭に戻ると、耳慣れないユングとやらの共時性《きょうじせい》も、大宇宙も、小宇宙も、自分自身すらも、全てが判らなくなってしまうのです――。

頭の中がズキンズキンと、痛くなり始めると、リョウさんの事故車のように、ボケババア丸出しで、私の心身《しんしん》もボロボロ、ズタズタのスクラップ寸前に暗転するのでした。

私自身にとって、この変身は歓迎したくないのです。寒々とした広い広い荒野に、一人ぼっちで放り出されたような、寂寥《せきりょう》感に陥《おちい》ってしまうからです。

(やはり私は、あちらの世界に入りかけているのか……)

と、自問自答するのでした。

このような正夢を見ることは、お迎えが近いからと思い込んでいる私に、リョウさんは反論されるのです。共時性《きょうじせい》という、私には全く判らない分野のご説明を受けても、脳天気は作動しないのでした。リョウさんのその暖かいお心に、感謝申し上げるだけでした。

私は、リョウさんが、加齢《かれい》に関係ないと言い切って下さった、その力強いお言葉に元気が湧いてきて、少しずつですが、楽しく嬉しくなってまいりました。地上での、私の少ない持ち時間を明るく過ごすために、娘と二人でさりげなく慰《なぐさ》めてくれる、心遣《こころづか》いだったのかもしれません。

最近になって、夢現《むげん》をしばしば体験する私は、どんな時にこのようなことが起こるのか、興味を持って知りたいと願っていたのです。

「心の中には四つの層があってね、
表層《ひょうそう》の肉体の自我意識、
表層下《ひょうそうか》にある個人的無意識、
深層《しんそう》にある集合的無意識、

もっともっと深層下《しんそうか》にある、
宇宙自然の領域に達する類似的《るいじてき》レベル、
この宇宙的意識と接触した時に、
共時性（シンクロニシティ）は起こるのです」
リョウさんは、子供に諭《さと》すように、紙に書いて教えて下さいました。詳しくご説明をされても、チンプンカンプンの私です。
私はとっさに、一月十七日に東京で観《み》た、宝塚九〇周年公演を思い出していました。
あの日宝塚宙組公演で、感じ、見た、何ひとつ心に屈託《くったく》のない、澄みきって、明るく、美しく、強力な喜びの中に全てが一体化したような感覚。その時、今迄《いままで》気付きもしなかった心身《しんしん》のもっと奥に、私の源《みなもと》である古里《ふるさと》の〈宙《ソラ》〉に通じる道を、一瞬でしたが、見たような気がしたのです。

（あの感覚ではないか……あの時の〈宙《ソラ》〉なのだ——）

宝塚劇場から帰った日に、私は体験を孫に話しました。

「ええっ、すごいじゃない、今度はスターゲイトですか」

そんなことを言い残して、孫は出掛けてしまいました。

（お星様の門って、何のことだろう）

聞いたこともない新語に、従《つ》いて行けなかったのでした。

「この宇宙意識に触れると、心で思うことが、外でも起こるようになったり、夢やヒラメキが遠くで起こっているできごとと一致するのですよ。また、夢やヒラメキ、虫の知らせのようなことが前兆としてあり、そのことが実際に起こったりするのです」

リョウさんは、私が判るまで言葉を尽くして、

「だからお迎えが近いなんて——考えないことです。意味のある偶然の一致は、心理学では自明《じめい》の理論ですから——」

私は思わず、

「あれです、宝塚の宙組公演で感じた、スターゲイトです」

娘とリョウさんは、私の言葉に驚いた様子で、

「ええっ、スターゲイト……」

絶句し、私の顔を見つめるのでした。

スターゲイトなんて、私も知らないし、何も判ってはいないのです。孫から聞かされた言葉が、鸚鵡《おうむ》返しに、口からすべり出てしまいました。

ここ末娘宅での二年余の生活は、粗大ゴミと思い込んで来た、私の心を少しずつ解き放ちました。

その効果は、消えかけていた生命《いのち》に、生きる勇気を吹き込まれたとでも申せましょう。

ここには、心身《しんしん》の活力を促《うな》がす、元気のもとになる、目に見えない何かがあるように感じられるのでした。

その結果、人生を前向きに、向学心に燃え、知識を積極的に嬉々《きき》として受け止められる、環境下に今あることが、私にとっては幸せでした。

全部を読めないまでも、〈地球大進化〉のご本をめくると、私の細胞一つひとつが、四十六億年の地球進化の過程を、知っていたかのような感覚になるのです。

呼吸一つとってみても、私達は、酸素呼吸を体得するまで、気の遠くなる程《ほど》の体験を積み重ねているのでした。

そして、新しい地球へと生まれ変わろうとしています。地球は、自らの危機を、現象を通して私達に見せてくれています。地球の温暖化もその一つですが、地球が自らの意思で大きく変容しつつあることを、真摯《しんし》に受け止める時が来たようです。

〈二〉

宙《ソラ》を知る

毎日、毎日、来る日も、来る日も、早くお迎えが来ないか――と、お迎えを待ちわびて過ごした数年間でした。

八十五歳の時、周囲の勧めに応じて、住み慣れた家を出て、長女宅へと腹を括《くく》って、お世話になることにしました。

共に生活を始めて判ったのですが、肝心《かんじん》の娘は、私よりもご老体でした。不安は的中して、私はある日突然、孫に連れられて、次女宅へと移送されたのです。

次女宅で落ち着けると安堵《あんど》したのもつかの間、予想もしていなかった、次女の入院でした。

長女も次女も、既に七〇歳を越えておりました。私が年をとりすぎて、娘二人の加齢《かれい》のことを、全く考慮していなかったのです。

終《つい》の棲家《すみか》にと、今度こその思いで頼りにした末娘は、若いと言っても、既に六十五歳になっておりました。昔の感覚なら老婆《ろうば》です。

老いて今、頼れる娘が居るとはいえ、三人三様、お迎えは、誰が先か予測できないのです。

私は行き場を失った粗大ゴミのようで、この数年間、転居《てんきょ》する度に、寂しさを通り越し、長生きしている自分が恨《うら》めしく悔《く》やまれるのでした。

心が暗くなると、ついつい過去を振り返ります。過去のできごとに思いをめぐらせる程《ほど》、私のか弱い肉体は、それに比例して不《ふ》協和音《きょうわおん》を奏《かな》でるのでした。

それでも私は必死で、病と仲良く共存しながら、かろうじてここまで息をつないでまいりました。

（その日の天候次第で……）

（本当は私の脳天気……で）

頭痛がしたり、目まいがして、起きておれなくなるのでした。

病は気からと申しますが、本当に自分の心のありようで、良くも悪くもなるのです。

私は五十五歳の時に、乳癌《にゅうがん》で左乳房を全摘出《ぜんてきしゅつ》し、左脇のリンパ腺も削《そ》ぎ落としています。そのために、左胸の術後の薄皮が、脆《もろ》いガラス細工のようで、切断した細い骨が変形し、突起した所が、ちょっと触っても血が滲《にじ》む程《ほど》の痛みです。

うっかりして手が触れると、ズキンズキンと頭まで痛みが響きます。軽い軽い身体《からだ》ですが、他人様におぶっていただくことも、抱きかかえて移動することもできないのはそのためです。胸が圧迫されると痛むからです。

年を重ねて、四〇年経った今も、レントゲンで見ると、変形した血脈が、心臓をぐるぐる巻にしているようです。少し歩くと、すぐ息切れがして苦しくなります。肥大化した心臓は、いつ呼吸が止まっても、おかしくない状態にあると言われております。こういう満身創痍《まんしんそうい》である私が、今日まで生き長らえたことが、奇跡としか思えないのでした。

お元気ですか――と、
お声をかけていただいても、（はい）と、素直に申し上げられないのです。血圧は上が二〇〇以上、下が一七〇位が当り前で過ごしております。

乳癌《にゅうがん》の手術後からは、薬を飲み続けることで、今まで肉体を持たせてきました。

明治気質《めいじかたぎ》という古い殻の中で、お店を長い間経営して来た私は、新しい環境に馴染《なじ》むまでには、多くの葛藤《かっとう》が起こりました。

(死にたい)

というようなことについての言動を、度々してきました。

人間の愚かしさと言いましょうか——。

無知ゆえの誤解と言いましょうか——。

自我の強さによる意固地《いこじ》も加勢し、明治生まれの時代錯誤《さくご》もあって、迷惑《めいわく》を傍《はた》におかけしてきました。この末娘宅に馴染《なじ》むまでの二年余、受け入れてくれた家人にとっては、晴天の霹靂《へきれき》とも思《おぼ》しき、とんでもない闖入《ちんにゅう》者であったことでしょう。

老いて、行き場のない自分の身を嘆き、残してきた倉敷の家に戻りたいと、事あるごとに駄々をこねていました。

日々重たくなっていく身体《からだ》をもてあまし、明日に向かって、何一つ明かりが見えない日々を、呻吟《しんぎん》しておりました。

いじけた心は、己れを〈粗大ゴミ〉と自称し、自虐《じぎゃく》的に自らを貶《おとし》めていました。

（いつまで粗大ゴミだなんて、いい歳して自己憐憫《れんびん》やってるの？）

（長生きし過ぎたと、事あるごとに、恨《うら》みごとの言い放題ではないか）

次から次へと、心の奥深い所から、不平不満の言葉が、湧いてくるのでした。

自分でそれに応酬《おうしゅう》できなくなると、
キレて

（えぇっ、私はどうせ、憎《にく》まれっ子世にはばかるの、死に損ないのババアーです）

と、開き直ったりしてみるのです。

（ちょいっと待った）

またまた、ちよさん、お口がお達者におなり遊ばしていませんか。

（私かって、啖呵《たんか》の一つや二つ……。まだ言いたいことあるんだから）

ああ言えばこう、こう言えばああ——と。

一人で居ると、反発心が飛び出そうと、隙《すき》を窺《うかが》い始める予兆《よちょう》を感じるのです。

（いい年して、まだまだ、生臭さが抜けていないね）

ちょっぴり自己評価なぞが、合いの手として、自問自答の中に飛び込んできたりするのでした。

（私は真面目で、正直で、何にも悪いことしていないのに）

――では、あなたは、そんな完璧《かんぺき》な人間やって来たの？

（一生懸命 舅《しゅうと》に仕え、夫に従い、子等を育て、生活のために、働き続けてきたんだから）

――それがどうしたって言いたいの？　えっ、当時は誰もが、そのような生き様《ざま》しか、できなかったのですよ――。

（私はね、明治、大正、昭和、平成と生き抜いてきたんですよ。他人にだまされたことはあっても、だましたことはないですよ。他人様に指一本、後ろ指を指《さ》されるような生き様《ざま》はしてきていませ

んからね）

――まじめに正直に働いてきたからこそ、今こうして、衣食住の心配もないのでは？

――こんな良い環境で、まだ不満あるの？

（食べる物もない時代に、私は四人の子供を育て、戦争中の苦しい生活を耐え忍び、どんな苦労したか、今のこんな贅沢《ぜいたく》な時代の人達には判らないでしょうよ）

――大なり小なり、苦しい体験は、人間誰でもしてますよ。毎日が、生きるってことが、戦いでしょう。自分だけが苦労したつもりになっているけれど、もっと辛い思いをした人達がたくさんおられますよ。だからといって今更《いまさら》何を言いたいの――。

いつものことながら、脳天を劈《つんざ》く程《ほど》の大論争が、私の中で自問自答しながら展開《てんかい》されていくのでした。

（こんなに一生懸命生きてきたのにです。私の人生って、何んだったのでしょうか。私って一体何でしょう。皆んなに迷惑《めいわく》かけるだけの、粗大ゴミに成り果て、お迎えを待つだけ）

つべこべと、自分と話し合ってみても、寂寥《せきりょう》感は払拭《ふっしょく》できないのでした。

（今度こそご迷惑《めいわく》かけないで、終《つい》の棲家《すみか》にしないと、もう行く所がないのだからね）

いつも心の中では、手を合わせ、感謝しているつもりになってはいるのです。

それなのに、

（ありがとうございます）

の言葉は、自分では言ったつもりになっているだけで、口からは出て行きません。

頭のどこかに、まだ自分一人でやれるという反発心が隠《かく》れていて、ありがとうが言えないのでした。

頭の中では、

（こんなに私は感謝しているんだから）

と、先回りして、頭を下げない弁解《べんかい》をしているのでした。外目には謙虚に振舞《ふるま》うのですが、頭なんか、絶対に、誰に対しても下げてなんかいないのでした。

テレビを見ていて、ケーキを投げあったり、食べ物を粗末《そまつ》にしているのを見ると、突然、腹立たしい思いに駆《か》られることもあります。

テレビの中に飛び込んで、

（何てことするのだ。罰当《ばちあ》たりが……）

と、時の潮流に真《ま》っ向《こう》から逆らって、一人で立ち向かって行くぞと、武者震《むしゃぶる》いする時もあります。

使い捨てと称して、物を粗末《そまつ》にしてしまうことへの同化は、私の中では絶対に有り得ない一つでもあります。

裸電球の下で、さつまいもの茎《くき》をわずかな穀物に混ぜ、すすった日のことを、大声でぶちまけたい思いが募《つの》ってくるからでした。

お椀によそった、穀物とは名ばかりの、その具のない椀汁《わんじる》の上面に、裸電球がゆらいでいたことは、今でも鮮明に私の目に焼きついて離れません。

一度体験したことは、忘れようとしても、身についていて、拭《ぬぐ》っても消えないものです。

(勿体《もったい》ない、勿体《もったい》ない)

今も、お珍しいものを出されると、後から食べようと残して、口にはすぐに入りません。せっかくの心尽くしを無駄《むだ》にしていることにも気付かない、間抜けなババアーをやっております。

周りの方のお心の有り様を慮《おもんばか》るどころか、全く、無視のしっ放し、という結果になってしまうのです。慇懃無礼《いんぎんぶれい》、失礼を繰り返してきたことにも気付かない程《ほど》の、ボケババアーをやっていたのでした。意固地を通り越して、可愛気も、素っ気もない、老骨《ろうこつ》そのものでした。こんな老いぼれを、誰が面倒見てくれるのだろうかと、思いを巡らす度に申し訳なくなってきて、

（感謝、感謝）

と、一人になると頭《こうべ》を垂れるのです。

私が後で食べようとしたことで、勿体《もったい》なくも、腐《くさ》らせてしまうことが度々《たびたび》ありました。

夏になると、アリが一筋の黒い行列を作って、私のお部屋の隠し場所へと、押しかけて来たりしました。私がしまい忘れたものを、アリがその都度《つど》見つけてくれました。

ここに来てからも、何度、家人に注意されたか判りません。

今更、過去を振り返り、ぼやいてみても、建設的なことは何一つありません。この家に来てから、いつの頃からか、満身創痍《まんしんそうい》の私は、薬にも頼らずに、何んとか、その日をしのぎながら、お元気に、身を処して過ごせるようになっております。

死にたいとか……。早くお迎えに来て下さい――なんて、日々願っていたことが、夢の中のことではなかったかと思います。不遜《ふそん》にも、そんな悪たれを、どこの罰当たりのアホがぼやいていたのか――と。

昨日までの自分の生き様《ざま》が、このようであったにしても、今日は、遠い遠い、昔々の事として、全く、他人事《ひとごと》のように思えるのです。

(忘却《ぼうきゃく》とは忘れ去ることなり)

本当に忘れることで、次へと歩み出せるのでしょう。

(どうしてこんなにも、明るく楽しく過ごせるようになったのかしら?)

こんな自問自答の繰り返しさえも、今は、煩《わずら》わしく時間がもったいない程《ほど》、私はお忙しくなりました。

地上での残された時間の許す限り、もっともっと知りたく、見極めねばと、興味が湧いてくる対象がいっぱい出て来たからです。（時間がない。一時でも無駄にしたくない）

背骨は曲がってしまいましたが、その分、心をシャキッとして、日々を楽しく嬉しく過ごせるようになりました。自分のことは自分で、この一生《いっせい》を、責任を持って、最後の最後まで、やり抜かねばと、意欲が湧いてくるからです。

リョウさんがお勧め下さった遺伝子《いでんし》についてのご本を、私は一礼してから開きます。

一冊の本に込められた、研究者の叡智《えいち》に感謝が湧いてくるからです。

九十五歳にして遭遇《そうぐう》した、全く新しい知識の宝庫。

生命《いのち》の情報がいっぱい詰まった、遺伝子《いでんし》工学の神秘の扉を、私はワクワク、ドキドキしながら、活字を目から飲み込む気概《きがい》で追います。

ご本の内容は、私の想像をはるかに超えていて、文句なく、今迄《いままで》の生き様《ざま》を一瞬で変えさせる、生命《いのち》についての情報が溢《あふ》れております。

地球上にある全ての生きとし生けるもの、生命《いのち》そのものが、構造も、原理も、共通の遺伝子《いでんし》によって、統合されているという事実です。この事実は、地球人類すべてが、同胞ということにもなるのです。

私という一人の人間の一生《いっせい》が、細胞核の中にあるDNAによって、予《あらかじ》め計画されているというのです。

原理は同じであっても、その組み合わせによって、個が確立され、（私）という人間は、地球に一人しか居ないということです。

感情に溺《おぼ》れて、

（一人ぼっち）

と自己《じこ》憐憫《れんびん》し、孤独感《こどくかん》を深めていた私の無知ゆえの未熟《みじゅく》さを、恥ずかしいと思いました。この地上に二人と居ない、かけがえのない人間である私を認識できたからです。

誰が私という存在を作り、こうして呼吸を与えてくださっているのか。この私という、人間を超えた、目に見えない力、〈何か〉を、私は感じたのです。

壮大な、地球丸ごとの、生きとし生けるもの全てを統一している、目に見えない遺伝子《いでんし》の仕組みの創造者に、感嘆するばかりでした。

この地球丸ごと、否、大宇宙の中のほんの塵芥《ちりあくた》に過ぎない人間を生かしているお力の前に、ただひたすら謙虚《けんきょ》になるだけでした。

私を生かして下さっている遺伝子《いでんし》の仕組みの背後に、目に見えない存在と、そのお力を感じたからです。

人智《じんち》を超えた目に見えない、大いなるご意思のお働き。

地球上の生きとし生けるもの全てが、統括《とうかつ》され、生かされているという事実。

人間は、勝手に、偉そうに、生きているのではなかったという、衝撃《しょうげき》の事実。

この真実《しんじつ》を前にして、私の個人感情も、刹那的《せつなてき》な反発心も、吹き飛んでしまったのです。

（人間は生かされている。それも目に見えない、大いなるご意思ある存在の、お力によって）

そこまで読み取れた時、全く未知《みち》なる世界が目の前に現れたのです。

一度だけ見た、生命《いのち》の源《みなもと》、あの〈宙《ソラ》〉でした。

ユングの共時性《きょうじせい》についての、宇宙自然の領域《りょういき》と、遺伝子《いでんし》のDNAの仕組みの領域は、どこかで、私の源《みなもと》とも言える〈宙《ソラ》〉と、共通の接点があるように思えるのでした。

人生の黄昏《たそがれ》を迎えた私が、心の奥にある窓から垣間《かいま》見た、宇宙意識の〈宙《ソラ》〉は、実在であることの確信をいただきました。

〈宙《ソラ》〉を意識すると、楽しく身も心も軽く、個人ごとや、私についての感情は、頭の中から消えてしまいます。

静かな寂静の中に、私が胎内《たいない》に居た時のような安堵感《あんどかん》と、満ち足りた喜びを、一瞬ですが体験できるのです。

この本との出逢いをきっかけに、自分を知りたい、もっと〈人間とは何か〉を知りたいの、向学心に火が点《つ》きました。

生きていることが、喜びとなりました。

地球上の全ての生物、生きとし生けるもの――。

その生命《いのち》の根源《こんげん》に在る、目に見えない活力。

そのお力によって、今、私は生かされて、私が在ることを肌で感じることができるのです。

地球に生まれ、生命《いのち》をいただき、私が存在した時から、どういう人生を歩むことすらも、予《あらかじ》め予定されていたことでした。想像もできない、青天の霹靂《へきれき》とでも申しましょうか。

私という人間の個人情報が、斯《か》くも鮮明に論証《ろんしょう》されるまでに、遺伝子《いでんし》工学の理論は進んでいたのです。

(なんという人間の進化、進歩なのか)

長生きさせていただいてよかった、との思いが込み上げてきて、うれし涙が頬を伝いました。

無知とはいえ、小さな目先のことのみ見、肉体という視点から見た、小さな枠の中で、感情で動きまわっていた愚《おろ》かしさを知りました。今迄《いままで》の生き様《ざま》が、まるで大津波、台風、雷《かみなり》に遭《あ》ったような衝撃《しょうげき》で、一瞬で吹き飛ばされてなくなってしまったのです。

人体を構成している細胞の核の中に遺伝子《いでんし》はあり、化学的には

DNAという物質で呼ばれています。

このDNAは、環境や心によって、各人の生き方によって、変容することが明らかになりつつあるのでした。

(目からウロコが落ちた)

こんな表現しかできない今の私です。九十五年間、蓄積してきたはずの、運命だから、宿命だからの既成概念《きせいがいねん》が、音立てて頭の中で崩《くず》れ落ちました。

この世に一人しか居ない私という存在は、細胞核のDNAによって生かされているのです。人間側で、生死を、決めることも、全ての言動すらも、DNAの計画として、大枠は既に決まっているのでした。

私がこの二年余りで変わったのは、生活環境により、心の持ち方が変わったことで、DNAを良い方向へ、明るい方へと向かわせた結果ではないかと思いました。

〈もっともっと、生命《いのち》の源《みなもと》、〈宙《ソラ》〉へ近づきたい〉

私は今、

〈人間とは何か〉

という、一番知りたかった本質を、課題としたのでした。それは、期待に胸躍《むねおど》るワクワクするような対象でした。

〈三〉

怖《こわ》い夢

早朝から、シンクロナイズドスイミングの演技が、チャンネルを回す度《たび》に放映されておりました。

二〇〇四年八月二十八日のことです。

アテネオリンピックの終盤《しゅうばん》を迎えての、調和《ちょうわ》のとれた華麗《かれい》な、日本代表の水中の舞いを、こうして今、見られることが、夢のようでもあります。

昨日、雨がほんの少し降ったせいか、開け放った窓からの爽《さわ》やかな涼感《りょうかん》を、私はテレビを見ながら楽しんでおりました。

お誕生日のお祝いにいただいた、ベランダの朝顔も、赤とブルーの彩《いろど》りを添えて、太陽に向かって嬉々《きき》としています。

私もずっとずっと、身も心も嬉《うれ》しく、軽やかに、過ごさせていただいておりました。

（今日も息災《そくさい》です。ありがとうございます）

と、自分の内なる〈宙《ソラ》〉に向かって叫びたいのですが、何か落ち着きません。それは、今朝起きてからずっと、心に引っ掛かっていることがあるからです。

このような小さな捉《とら》われによる心の動きに、私の心身《しんしん》は敏感《びんかん》に反応します。そのために、喜びに満ちた、穏《おだ》やかな中にある〈宙《ソラ》〉が見えないのでした。

原因は、夢で私を訪ねて来て下さった女性を、思い出せないからです。

朝食をいただいている間も、

（誰だったかしら）――と。

夢の中でお逢いした、女の方に心が向かってしまいます。

——お久しぶりでした。御元気でしたか？　お逢いしたかったです。

懐かしそうに、私の両手を握《にぎ》り締《し》めた手の温《ぬく》もりが、実感として残っているのです。

にこやかな、素朴《そぼく》な、飾り気のない、実直《じっちょく》そうなお顔が、目の前をちらつくのでした。

どこの誰であったかが、どうしても出てこないもどかしさに考え込んでおりました。

朝食は、

ブドーのジュース。

トマト、オクラ、セロリ、クレソン、カボチャ、人参、玉子等のサラダ。

帆立貝《ほたて》とえびのムース。

手作りのチーズパン。

水菓子は、季節を先取りして柿。

デザートには、チョコレートと、ゆがいた取《と》れたての落花生《らっかせい》。

ここに来ての食生活も、みそ汁、ごはん、小魚のつくだ煮と野菜の煮物等に、慣れていた私ですが、いつの間にか、自然に受け入れられました。

（夢の中の女性は、倉敷での知り合いではないか……。）

毎日のように見る夢を、私は、ほとんど家人には話しておりませんでした。どうしても今日は思い出せなくて、じれったくなって、ついつい今朝方見た夢を、お話ししてしまいました。

「著名な政治家三人のお方が、一億円の小切手を受け取り、三年前のことなのでお忘れになって、記憶にないそうですよ。ちよさんが思い出せなくても、そんなに気にかけなくていいでしょ」

テレビで報道されているニュースを、私に話すのでした。

「三人の政治家のお一人は、うちの田舎の選挙区の、ほら、あのお方ですよ」

一億円のヤミ献金問題について、詳しく説明をしてくれます。

私はだんだんと、回線経路《かいせんけいろ》が繋《つな》がってきて、鮮明に記憶が蘇《よみがえ》ってきました。

(そう、そうだった。今、ニュースに出ているお方の奥さんだ!!)

思い出せたことが嬉しくって、私は心が晴れやかになり、何十年も前の衆議院選挙のことを、思い出すことができました。

夢の中に出てきた奥さんは、東京で政治に専念する夫に代わって選挙区を守り、いろんな所に挨拶《あいさつ》されていた様子でした。酒類販売業組合の会合で、今朝方《けさがた》夢の中でお会いした奥さんに、一度だけお目にかかったことがありました。

その頃の中央政界は、ロッキード事件のことで、騒然《そうぜん》となっておりました。

——決っして、お金のことでしくじってはなりませんよ。政治家は身の潔白《けっぱく》が肝心《かんじん》ですから——

会合が終わって、数人でお茶をしている時に、その奥さんに直接申し上げたのです。

今朝方の夢の中で、私の手を握《にぎ》って下さったのは、その時のままの奥さんでした。

「一度お会いしたきりでしょう。それも四〇年ぐらい前ではないの？　そんなに親しかったわけでもないのに」

突然夢の中に出て来られたことを、家人は、訝《いぶか》るのでした。

その日は、新聞も、テレビも、ほとんどオリンピック一色の報道でした。私は、心身《しんしん》共に軽やかになって、テレビを一日中楽しんでおりました。

夢を見た翌日のことですが、政治家が受け取ったと推測《すいそく》されていた一億円の小切手を、現金化したという経理担当者が、逮捕《たいほ》されたことを知りました。

二〇〇四年八月三〇日（月）の、朝刊一面トップ記事に、大きく報道されていました。

私もそのニュースを家人に言われて読み、テレビでも確認致しました。

昔のことで、本当に何十年前の、ほんのわずかな時間を接したにすぎない奥さんでした。

どこを探しても今、接点を見い出せないのにです。懐《なつ》かしそうに、夢の中で訪ねて来て下さった、その奥さんの、温《ぬく》もりある手の感触がまだ生きておりました。

この親しい出逢いをどう受け止めてよいか、私には全く判らないことでした。

（ユングの共時性《きょうじせい》、共時性《きょうじせい》……）

私の中で、まだ消化しきれていないのですが、ユングの宇宙意識という尺度《しゃくど》で測《はか》れば、答えが判るのではないかとの思いがよぎりました。


二階の自室に戻り、窓辺にある机に向かって、うたを作っておりました。

お腹が膨《ふく》れたせいか、幼子になって、いつの間にか眠くなってしまいました。

ザアーザアー、バリバリ、ゴトゴト、ゴオウーゴオウー、ドオンドオン——。

聞いたこともない、激しい炸裂音《さくれつ》がしておりました。恐怖に満ちた極度《きょくど》の緊張《きんちょう》に、息を潜《ひそ》めて助けを求める声が、うねりとなって私を取り囲みます。

――助けて――助けてえ――。

私はこの混乱の中を見たくない、見てはならないと、目の前に迫《せま》ってくるおぞましい修羅場《しゅらば》を、通り抜けようと目を固く固く閉じ、

（お助け下さい、お助け下さい）

と叫び続けておりました。

極限《きょくげん》の緊張感《きんちょうかん》。

渾身《こんしん》の勇気を持って耐え忍ぶ、死に直面した重苦しい寂静。

苦しみと戦いながら、恐怖を克服《こくふく》しなければならない異様な雰《ふん》囲気《いき》。

かつて経験したことも、見聞したこともない、暗黒のうねりの中に、私は遭遇《そうぐう》しておりました。

神様、仏様、お釈迦《しゃか》様、イエスキリスト様、マリア様、マホメット様、弘法大師《こうぼうだいし》様……。

私が知る限りの聖なる尊《とうと》いお名前を叫んで、叫んで、〈助けを求め〉、お願いするだけでした。

この修羅場《しゅらば》に近付いてはならないと、吸い込まれそうになる殺戮《さつりく》の現場から離れようと、もがき、必死で脱出しようとしておりました。

地獄《じごく》の中にいるとは、こういうことなのかと、底なしの不気味な、暗い暗い怨念《おんねん》と恐怖の淵《ふち》から、やっとの思いで逃れることができました。

安堵《あんど》する間もなく、今度は、大雨と強風です。小さい五尺に満たない私の身体《からだ》は、風を切って、糸の切れた紙凧《だこ》のように、吹き飛ばされているのでした。

（台風のど真ん中にいるのではないか）

何かにしがみつかねば、の思いで、目が覚めたのです。

窓の外は、さわやかな陽光で、穏やかな天気でした。のどかな小鳥の声がセミの鳴き声と相《あい》まって、かすかに聞こえておりました。

私にとって、音が聞こえることは、体調が良好ということです。それなのに、いつもと違って、目覚めがよくありません。頭は痛く、目は霞《かす》んで、緊張感《きんちょうかん》と、不安感が、心身《しんしん》を重苦しく圧迫していました。その感覚は、心身《しんしん》の雰囲気がいつもと違って、異様に不気味《ぶきみ》な緊張《きんちょう》による気持ち悪さでした。

急にお腹も痛くなって、身体《からだ》のあちこちが痛み、軋《きし》み始めます。

この時より私の回線経路《かいせんけいろ》は、針を失った時計のように、狂《くる》ってしまったのです。心身《しんしん》ともに重く、暗く、何をしても嬉しくないのです。

そして、活力、気力も失せて、何をするのも億劫《おっくう》で大儀《たいぎ》になり、ぼうーっとして、ひねもす、のたりのたりしておりました。

この私が見た夢は、九月三日夜、テレビのニュースに現れました。

ロシア、北オセチア共和国で起きた、想像《そうぞう》を絶する、新学期の学校占拠《せんきょ》事件です。多くの犠牲者《ぎせいしゃ》が出たことを報じておりました。テレビに映し出された情景から、夢の中で私が見、感じた通りであることが判りました。

テレビの映像によって、夢が具体的に再現され、私は寒気を覚えるのでした。私が夢の中で必死で避けて通った場面が映し出されると、不快な気持ちは極点《きょくてん》に達し、心臓が押し潰《つぶ》されそうになりました。

(もう私はおしまいです――)

死神に両手を上げて、降参《こうさん》するところまで来てしまったと覚悟をしました。

またしても、夢現《むげん》となった事件を見せ付けられたのです。

夢の中で、見たくないと、見ることを拒否し、必死で逃げたその現場を、今私は、テレビで追認するかのように見せ付《つ》けられているのでした。見るに耐えかね、テレビを消しました。

このような怖い夢現《むげん》を体験したことで、私はとうとう、病気ではないのに、体調は最悪となってしまいました。自室にこもり、黙り込んでいる以外、どうしようもなくなったのです。

この夢現《むげん》を、お話しすることはできませんでした。頭が痛くなって、脳梗塞《のうこうそく》の再発ではないかと心配になってきました。起きていようと思っても、すぐ眠くなってしまうのです。

食欲もなく、何もしたくありません。そんな状況の中で、うつらうつらと、日々を過ごしておりました。

ワクワクする程《ほど》、ウレシイ、ウレシイになりたいと、興味ある本をめくってみても、活字すら目に入ってこなくなりました。

身も心も軽やかに、元気はつらつの〈宙《ソラ》〉の気分になりたい。その思いはあっても、どうしても楽しくなれないのです。何をするのも億劫《おっくう》になり、無気力状態でおりました。

テレビをつけると、凶悪な殺戮行為《さつりくこうい》を、毎日のように報道していました。日本国内の治安も、考えられない程《ほど》に悪化の一途《いっと》をたどっています。毎日目に入る情報は、恐ろしい血生臭い事件ばかりでした。暗《あん》が増すと、もっと暗《あん》を呼ぶように、悪いことがあっちでも、こっちでも、連鎖《れんさ》反応で起こっていました。

私は、自分の身体《からだ》と心が分離したようで、自分で自分に従《つ》いて行けなくなってしまいました。

（わたしゃ死んじまったよ）

そんな歌を、思い出したりするのでした。

息も絶え絶えになって、それでも枯渇《こかつ》した生命力を振り絞り、

（これしきのことで、へこたれてなるものか――）

右手でさっと、名刀を抜いた気分になって、小さい一四三センチの心身《しんしん》に、大見得《おおみえ》を切って、カツを入れるのでした。すると、

「おれだよ、おれ……開けてよ」

の声が、何《なん》と聞こえたのです。

（オレオレ詐欺《さぎ》の輩《やから》が、とうとうこの部屋まで押し入って来たか）

の思いで、私は側にあった、背中を掻《か》くためのマゴの手を取り、
構えました。

（いざ、参られよ）

「なんで、こんなにしっかりと、今日は締め切ってるの」

引き戸を開けて、孫が入って来ました。

意外な闖入《ちんにゅう》者に、私はうろたえました。

「オレオレ詐欺《さぎ》がやって来たと思ったので」

弁解にもならない、言い訳《わ》けを致しました。

「聞こえるの？　今日の脳天気は大丈夫なんだなあ」

笑顔で、私の顔色を窺《うかが》うのでした。

その明るい、何にも捉《とら》われない笑顔は、暗い私の心を照らし、嬉《うれ》しく、楽しい気分に早変わりさせてくれました。

机の上に開いてある本を手に取ると、

「ええっ、遺伝子《いでんし》工学？　今度はゲノムのお勉強ですか」

と、驚くのでした。

「スターゲイトって、何のことなの」

私は、忘れないうちにと思い、問《と》うてみました。

「ああこの前の……東京の宝塚へ行った日のこと。まだそんな言葉覚えてたんだ。今日は、御天気いいんだね」

私の頭の回線経路《かいせんけいろ》が、作動していることを確認したようです。

「この遺伝子《いでんし》の本の中にも、スターゲイト出ていたの？」

「スターゲイトという言葉はないけれど、人間を生かしている目に見えない、偉大なお力について触れていたと思う」

私の中では、スターゲイトと、この偉大な人間を生かす力との、接点があるような予感がしておりました。

「スターゲイトは、日本人の感覚では、宇宙意識への扉《とびら》ということになるかな。真我《しんが》に目覚めるとか、肉体を超えた異次元世界への出入口かな。〈宙《ソラ》〉への扉《とびら》とも言えるかな。ほら、宝塚観《み》に行って、感じたとか言っていた――。オレ流のこれは解釈《かいしゃく》だからね。ＵＦＯを研究している宇宙開発の科学者は、もっと違った意味で捉《とら》えていると思うよ。宇宙開発を目的として異次元へ、即飛行物体を飛ばす磁場《じば》とでも言うのか、もともとその辺りから出た言葉だから」

説明されても、一度には消化しきれませんでした。
孫はこの日、足踏み機を、私のために、階下《かいか》に設置したことを知らせてくれたのです。
「勿体《もったい》ない。こんな私のためなんかにムダなお金を使わないで」
またもや勿体《もったい》ない
申し訳ない
迷惑《めいわく》かけられない
という感情が先になりました。
〈ありがとさん〉の言葉は出ないのです。
〈ありがとう〉の、言葉が先に出ないもどかしさを、自分の別の意識が高見から見ておりました。
「雨降って庭に出られない時に、気軽に使いこなせばいいから」

このお代を払わせていただきたいと申し出ると、

「これ、う〜んと高いんだからね」

と念を押されました。

そして、両手を私の前に出して
「ちょうだい、いっぱあ〜い――。オレにね。高く売りつけたりして、騙《だま》すか――。家の中に居ても騙《だま》されたいの？　これ、新手のオレオレ詐欺《さぎ》じゃない」

大声で笑いながら、

「ここに居て、オレオレ詐欺《さぎ》なんか来るはずないでしょうが、それテレビの見過ぎですよ。オレからのプレゼント。まあっ、気持ちよくお使い下さい」

「ありがとうございます」

素直に、今度こそ軽やかに、元気よく、お口からにこやかに、この言葉がこぼれました。

〈宙《ソラ》〉を感知したことは、スターゲイトを突破《とっぱ》したということになるのだろうか)

宇宙意識に目覚めるとは、どういうことなのか、私の興味《きょうみ》は尽《つ》きないのでした。

〈四〉

李《すもも》のように

台風が去った後の庭の草木は、押し倒されることなく、元気しておりました。

樹木の間に置かれているプランターや鉢には、コスモスがピンクと白の花を咲かせて、秋の気配を仄《ほの》かに漂《ただよ》わせています。

家をぐるりと取り囲んでいる狭い庭を、足腰の重心を取りながら、杖《つえ》を頼りに、エッコラホイサ、エッコラホイサと、散策《さんさく》するのも容易ではありません。外出もままならない、老いた身を情けなく思うのでした。

杖《つえ》を頼りにすれば、こうして庭に出られるのでした。一人で歩けることを感謝しなければと思うのですが、若かった頃を思い起こしてしまいます。

私の脳天気がマイナスに回転すると、気分が悪く、急に歩けなくなり、すぐ家の中へ入ることもしばしばです。今日は、私の内なる〈宙《ソラ》〉も、上天気とはいかないまでも、こうして外へ居れる状態でした。今年は、涼しかったり、暑かったり、季節はずれの台風は来るわ、来るわ——で、油断できません。全く季節感がなくなったように思える昨今です。

温暖化のせいではなく、地球が、何十億年も生きてこられたので、私のように、御老化遊ばしたのではないかと、庭土を足で踏むのも申し訳なく、痛々しく思うのでした。

地球もついに、チョイッと、私を超して、おボケ遊ばされたせいなのか、天空の宙も、私の中にある〈宙《ソラ》〉も、異変が起こっているように思うのです。最近の太陽も、月も、星々も、宙を見上げていると、大きく目に見えないお力によって、地球が変わっていることが、ひしひしと感じられます。

私という個人が、上天気で、嬉しく、楽しく過ごしておれば、地球も嬉しく、空も晴れやかに雲一つないのです。私が天空を見上げると、太陽の輝きも増して、くるくると回りながら、太陽そのものが、降下して近付いてくるように見える時があります。夜空の星々の瞬《またた》きも、親しそうに地球に接近してくるのを感じます。月は、煌々《こうこう》と冴《さ》えて、大気は澄みきり、透明感が増して行くのが判ります。

玉砂利《たまじゃり》の上に、ピンポン玉程《ほど》の大きさの、赤い実らしきものを見つけました。しゃがむのは、胸を圧迫するので苦手ですが、やっとこさで拾い上げてみると、李《すもも》のようでした。みずみずしい、黄色い地肌に、上の方は、赤味がさして熟れているのです。

嬉しくって、

「わあっ……」

と、思わず声が出ました。

娘が飛んで来て、私の手のひらの果実を見て、

「李《すもも》ですよ、大きな声出すと、ここは田舎ではないから、ご近所にすぐ聞こえるんだからね。ここは、うさぎ小屋ですからね」

耳元で囁《ささや》くのでした。

耳が聞こえない私は、大きな声を出したつもりはないのでした。

そのことを弁解しようとしたら、フェンスの下の方から気配がして、手指が見えました。

「落ちてたよ」

男のお方の顔が、目の前に浮かぶように出て来ました。

斜面に建つ家は、隣家《りんか》との高低の段差がかなりあります。お隣のご主人が、手が伸ばせる低い所から、フェンスの土台のブロックの上に、落ちていた三個を、並べて下さいました。

台風の影響で、お隣へも落ちたようです。李《すもも》の茎は思ったより細いので、強風に耐えられなかったのでしょう。

上を見上げると、緑の葉の間に、赤い実が一つ、また二つ、三つと、私は二〇個まで数えて、首が疲れてしまいました。

「今年はかなり生《な》ってますよ。少しお取りしましょうか」

お隣のご主人に話しかけながら、娘は、側に立てかけてあった網《あみ》で、高い樹の上の実を上手にもぐのでした。

お隣のご主人は、

「うちの田舎では、アンズの落ちたのを、焼酎《しょうちゅう》に漬けてよく飲んでいたんだよ」

と、お話しされていました。

二歳位のお子さんを連れて、奥さんもお庭に出て来られました。娘は、隣家の庭へと、網の中へ、取れたての実を入れたままで、長い竿《さお》を伸ばし、

「ほおら、李《すもも》ですよ、どうぞ」

と、そのお子さんの前に、網ごと差し出すのでした。小さな手で、数個入った実を嬉しそうに取り出す仕草を見ておりました。

私には、水洗いした李《すもも》を、籠《かご》に入れてくれました。

狭い庭には、柿、みかん、レモン、ブドー、サクランボと、いろんな果実の生《な》る樹があります。その隙間《すきま》に所狭しと、草木や花野菜が共生しているのです。体調の良い日は、私も一人前に、ハ

サミを持ち歩いたり致します。

濡《ぬ》れ縁《えん》に座って、甘い甘い香りのジャスミン茶と、クッキーをいただきました。

採《と》れたての李《すもも》は、食べるよりも、愛《め》でる方が先になってしまいました。李《すもも》の樹はかなり大きくなって、幹も太く、いつの間にこんな実を付けていたのか、下からは全く気付きもしませんでした。

このように、〈今を〉楽しく過ごせることが、どんなに幸せなことか、私はしみじみと思います。

思わず娘に向かって、

「病気にならないで元気でいてね。私は心配で心配で」

上の娘二人の老化現象に直面してきていたので、本音を申しました。

「病気？」

私の心配を意にも介していない様子で、気にもしていないのです。

「病気を心配すれば、病気になるし、取り越し苦労すれば、心配したことが起こるし、何も気にしないでいれば、元気で、一二〇歳以上は生かされるように、作られているのですからね」

いとも簡単に、淡々と、私の耳元で申すのでした。

「良いことのみ考えていれば、良いことが起こるのですよ。過去を振り返ったり、反省したり後悔《こうかい》ばかりしていると、病気を引き込むのは当然ですが」

（私は病気だらけで、病気と、何十年間も仲良くして来た半生だったのに――）

病気になる原因が私にあったのかと、反論したくなります。

「病気は心が招くのですよ。くよくよしていれば、その捉《とら》われによって、終《しま》いには病気になるのです」

そのように、言い添《そ》えるのでした。

(私は病気になりたくって、なったんじゃないんだから、病気になってしまったんだから、仕方ないでしょうが……。それとも病気する私が悪いとでも言いたいの)

娘の言葉に刺激《しげき》されて、またしても納得が行かないのです。

声に出さないのに、

「そういう反発心、反抗心の積み重ねが、病を招く遠因《えんいん》になっているのでは……」

見透かされてしまい、言いたいけれど、言う言葉が出なくなりました。

「あの遺伝子《いでんし》の本に、ＤＮＡの病気因子《いんし》を克服《こくふく》することで、病《やまい》は治癒《ちゆ》すると書いてありませんでしたか？　明るい心でいることが、病気を寄せ付けない秘訣《ひけつ》ですよ」

回線経路《かいせんけいろ》をフル回転させて、私は、本の内容を思い出そうとするのですが、読んだ一文すら、出てまいりませんでした。

「不平、不満、怒り、苦しみ、嫉妬《しっと》、恐怖感、不安感等の感情に捉《とら》われると、頭の働きは、悪い方へ、暗い方へと、破壊的《はかいてき》な方向へ遺伝子《いでんし》が作動するのですよ。身体《からだ》の弱い部分に病気を招く結果となるのです。明るく、楽しく、軽やかに、今という この瞬間を、あるがままを喜んで受け止めて過ごすと、老いても病気知らずで、元気で過ごせるのですよ」

娘が指さす樹木を見ると
「この樹達は、どうしてこんなに生き生きと、嬉しそうに、生命を謳歌《おうか》していると思う。何の捉《とら》われも無く、陽光をのみ見てるから」

（私もそのように、光だけ見て、光合成のような生き方をすれば、病気にならないということ？）

と、質《ただ》したかったけれど、元々感情のある人間ができるわけもないので、おとなしく黙《だま》っておりました。

庭に今在る、私以外の生きとし生けるものは、本当に、何もなく、爽《さわ》やかでした。収穫時を迎えた李《すもも》も、自らの生命《いのち》の尊い成果を、惜《お》しげもなく与えてくれています。狭い狭い庭と、お隣の家屋との狭間《はざま》で、ただひたすら太陽の恵みを求め切望し、上へ上へと、二階の屋根を凌《しの》ぐまで伸びているのです。それは、ひたすら、太陽の恵みを求めるという目的のためにのみです。今この瞬間を、与えられた狭い環境の中で、ありったけの力で太陽の光を求め、光合成の営みを続けているのでした。

地球は何十億年の時代を刻み、光合成で生きて行く植物を生み出し、酸素をこの惑星に溜《た》めて今日に到っています。植物も人間と同じ遺伝子《いでんし》のお働きによって、光合成を繰《く》り返して生きるために、目に見えないお力によって、創造された生命体です。

自然環境への破壊《はかい》が進み、住まわせていただいている人間側の不調和がもたらした結果、地球は立ち行かなくなってしまったのでしょう。地球そのものが病《や》んで傷ついてしまったことは、吾が身の小宇宙である損傷箇所と重なるのでした。

（小宇宙である私が、病気を半ば諦《あきら》めて、是認《ぜにん》して来たことは、大自然を破壊《はかい》する人類の集合意識となって、地球を破壊《はかい》し、環境の悪化をもたらしてしまったのか）

遺伝子《いでんし》工学のご本の中に書かれていたことを、少し、思い起こしました。

（個体である小宇宙の私が、肉体を傷つけ病気になることは、大宇宙である地球が傷つくということになるのでは——）

地球が大変なことになってきたことを、私は、どこかで感知しているのですが、どのようにすればよいのか、具体的なことが思いつかないのでした。

最近気付いたのですが、月を毎日見ていればお判りのように、三日月の角度が以前とは異なって見えるのです。天体を観測しているお方は、新月の時の太陽が、最近変色していることを指摘されておられました。

地球の変容に、人間も歩調を合せないと、このままでは、従《つ》いて行けなくなってしまうのではないか危惧《きぐ》されます。

日本だけでなく地球規模での、大地震、大洪水、大津波、大型の台風、大雨、季節はずれの積雪、山火事等の自然災害が頻発《ひんぱつ》しています。

このような大自然の地球全土の変容は、人間界にも、戦争、テロ、集団殺戮《さつりく》行為として現れ、社会現象として、おぞましい事件が後《あと》を絶ちません。

天文学者も、宇宙開発に携《たずさ》わる科学者達のグループも、既に、宇宙の彼方の太陽や月、惑星の天体の異変に気付いているはずです。ほんの一部分の情報しか、私達にまでは、届かないのです。それは、事実を公表することで、準備のない輩《やから》にとっては、恐怖感、不安感を芽生えさせてしまうからでもありましょう。

私達は、自らの直観で、変容する地球に対応して行くだけです。時の政治権力の座に在る者達は、地球の変容の情報を、私達よりも、より詳しく知っているはずです。それらの情報を先に知った者達が、地球人類のために真剣に取り組み、心を澄まして、地球の声をお聞きし、対策を実行に移しているのかと、疑問に思えるのです。

私は難しいことは判りません。原因があるところには、必ず結果があると思うだけです。地球の核からの叫びを、具体的現象によって、私達は垣間《かいま》見せていただいています。その事の真因を判断できず、喉元《のどもと》過ぎれば熱さを忘れるの例《たと》えのように、示された現象の、事の重大さを見過《みす》ごしてしまうのです。

こういう今のご時世の中で、右往左往して、目先の現象に捉《とら》われたリーダーの生き方は、脳天気ババアーと、少しも変わらないのではと思うのです。身近な視点で見ると、老い行く者の生活基《き》盤《ばん》すら崩壊《ほうかい》し、国家も、個人も、誰が高齢者《こうれいしゃ》を見るべきか、いろんな観点からの制度の見直しが必要となってきています。

明るく、楽しく、嬉《うれ》しく、嬉々《きき》として、淡々と、捉《とら》われない生き様《ざま》を実行すれば、病を起こす遺伝子《いでんし》は、作動しないはずです。私という個体が、そのように日々を送れば、地球も御天気してお られるということになるのです。それが判っていても、いざ吾が身を振り返ると、なかなか実行できないのです。

あるがままを受け止め、不平、不満を持たずに、今日という一日を、満足して暮らしている人間って、まずいないでしょう。

人間が、今地上に二本の足で立って、生存していることが、既に地球の歴史の流れの中では、奇跡なのです。毎日こうして、目に見えないお力が作動し、生かされていることに気付けば、感謝以外ありません。

(私は、もっともっと、学び、体験し、人間として、地上にある間に少しでも賢《かしこ》くなって、私の魂《たましい》のふるさと〈宙《ソラ》〉へと向かいたい)

こんな思いでいつも居ます。

心に、魂に沁《し》み渡るように、

(今日もありがとうございまーす)

楽しい一日を、〈宙《ソラ》〉に向かって願い叫ぶのでした。

この地上での私の持ち時間は、もうそんなには無いと思っています。もっと早い時に、こういう生き方をしていたら良かったのにと、後悔《こうかい》の臍《ほぞ》を噬《か》む思いです。

部屋に戻ると、テーブルの上に、李《すもも》の白ワイン漬けが、ビンに入って置いてありました。私は、ほんの三〇分程《ほど》も、庭に居なかったと思うのです。さっそく採《と》れたての李《すもも》漬《づ》けを作ってくれた、その手早さに恐れ入りました。

何事においても、娘は、今のこの瞬間を、大切に生きているように、私の目には映ります。私は、判っていても、誰かに命令されるまで行動できないのでした。そのために、せっかくの地上に生誕して、九十五年も学ぶ機会があったのにもかかわらず、時間切れ間近となってしまいました。

今の私を取巻く環境は、六〇代の娘や、三〇代の孫、そして幼い曾孫《ひまご》が師であり、九〇代の私が生徒でした。

今のこの師弟関係の現実を受け止めさえすれば、なんの心配事も、捉《とら》われもないのです。それなのに、新しい知らないことを言われると、端《はな》から警戒《けいかい》して、受け入れを拒否するのでした。異文化への拒否反応は、心身《しんしん》にとっても大変な負担になるのでした。

人間にとって、酸素呼吸は当たり前のことになっています。地球が全凍結《ぜんとうけつ》を解かれてから、酸素濃度二〇パーセントから、スタートしているのです。

〈上手に酸素呼吸できていますか、ハイ、酸素を吸いますよ。酸素を吸って、吐いて、上手にできるまでしましょう〉

このような呼吸を教えている塾や、学校の教科があるでしょうか。地球の歴史の流れの中で、地球に適応するために、酸素呼吸一つですら、今の人間のようになるまでには、想像を絶する進化の歩みがあったのでした。

途方《とほう》もない、地球人類の、地球に適応するために刻まれた、遅々《ちち》たる人間進化への、たゆまない努力に瞠目《どうもく》するだけです。何事も一足飛びには、来れないのです。地球の何十億年間の歩みを、人生の黄昏《たそがれ》で今、この時期に、ご本の知識から得られたことは、本当に私にとって、かけがえのない尊い学びでした。

今迎えている深刻な地球の惨状《さんじょう》は、いつの頃からか、地球との共存を忘れ、自然を破壊《はかい》し、人間本位の生き方をし続けた結果でしょう。人間の心の荒廃《こうはい》による、大自然への冒涜《ぼうとく》は、今も休みなく続けられています。地球人として、共に仲間として敬《うやま》い、生きとし生けるものすべてのものと、共に分かち合っていた調和を、いつの頃からか人間は失ってしまいました。

政治も経済も、地上に蔓延《はびこ》る、いわゆる宗教も、全て既成概念《きせいがいねん》で、人間の心を、その行動をも規制し、今なお、進化向上への個人の自由を阻害《そがい》しています。一つのことに捉《とら》われてしまうと、ちょっとやそっとでは、それを払いのけて、綺麗《きれい》に拭えるものではありません。

今、新しい歴史を刻む地球生命体は、古きものを自ら破壊《はかい》し、地球を構築して進んでいます。

ここの部屋に閉じこもっている私にも、地球の進化の雄叫《おたけ》びが、内なる〈宙《ソラ》〉を通して、鮮明に聞こえて来ます。

地球自体を、自らが破壊《はかい》し、新しく構築する自浄作業は、日々刻々と速くなっています。心を少しだけ澄ませれば、刻々と変わるこの地球の変容を敏感に感じ取れるのです。地球のこの速度に、駆《か》け足で従《つ》いて行かねばならないことに、気付かれるでしょう。

普段の私は、脳天気の変態《へんたい》ボケバアさんですが、心のチャンネルを、一度《ひとたび》DNAを、良い方向へと〈宙《ソラ》〉へ向けてスイッチオンすると、

楽しく
嬉しく
捉《とら》われもなく
色白お肌になって
若く、美しく

賢くなるのです。

（地球の皆んなを幸せにして下さい）

胸の奥へ、心の奥へ、魂の中へ、もっとその奥へと、深層宇宙意識を目指して突進すると、細胞一つひとつが活力に満ちることが実感できます。

本当に私は皺《しわ》がなくなって色白に、そして心身《しんしん》共に若返ることは確かです。（写真参照）

このような私の変容は、ユングの深層意識《しんそういしき》についての、ご本のお言葉通りでした。

これは、理論や理屈でなく、私の体験です。

これを私はいつもできるようにと、〈宙《ソラ》〉を、内なる〈宙《ソラ》〉を見つめているのですが、いつも上手《うま》く行くとは限りません。

お頭《つむ》の脳天気が晴れていないと、ツルツルの色白お肌にはなれないのです。

喜びに満ちて、一時は嬉しくなっても、この状態は、持続できないのです。

肉体を持つ人間としては、何度も何度も、呼吸する程《ほど》の体験の積み重ねを経て、得られるのではないか、と思えるのです。

仏壇《ぶつだん》に
入ってからも
文句を言い

こんなさもしい心にならぬよう、欠点を一つでも気付いたら直し、宙《ソラ》へ、宙《ソラ》へ、自由に羽ばたきたいのです。

亀のように、遅々《ちち》たる歩みでしょう。それは、人類生誕の創造の源《みなもと》へ、私という個体が、今ここに存在するまでのその道程《みちのり》、その古里《ふるさと》にまで続く歩みではないかと思うのです。

宝塚ジェンヌのお足の長い、お背のスラッとした御麗人《ごれいじん》達には及びませんが、こんな出来損《そこ》ないの私でも、李《すもも》のように、皆さんに喜ばれる、可愛《かわい》い実をみのらせて、喜んでいただきたいと願うのです。

何時《いつ》までも
人間意識　去りがたし
学びの眞の　届かざりしに

〈五〉

明と暗

ベランダに面した、窓辺にある大きな机の上には、アンティーク調のスタンドがあります。九十五歳のお誕生日の祝いにと、今夏いただきました。本体の軸は、しなやかな感じで細長く、その上部は丸くなっています。

私は九時頃ベッドに入りますが、灯《あか》りをつけて休むことにしていました。スイッチを入れると、薄桃《うすもも》色の見事な枝付《えだつき》のバラの花が、浮き絵のように見事に咲くのです。

いつもベッドで眠りに入る前、その美しいバラの花の、醸《かも》し出す豪華《ごうか》な雰囲気に見とれるのでした。このスタンドをいただいてから、夜はほの灯《あか》りが暖かく広がり、部屋全体を優《やさ》しく包み込んで、私のお休み遊ばされますのを見守ってくれるのでした。おとぎの国のお姫様〈ババ姫様〉になった気分で、一日の終わりに、

（ありがとうございました）

と、その灯《あか》りに向かって合掌《がっしょう》するのです。眠りにつくまでの一時を、ずっとそこから見守っているようで、私なりに満足しておりました。

この家は、横浜駅からタクシーで十五分程《ほど》の便利な場所にあります。それなのに日中でも、木の葉が落ちる音が聞こえる程《ほど》、静かな環境です。

私には、朝夕のカラスの鳴き声を時折、耳にすることがありますが、自分の耳で寂静を感知することはできないのです。目もショボショボでよくは見えないし、右耳の聴力が少し残っているだけで、普通の会話は聞こえません。私の身体《からだ》はあちらも、こちらも、挙《あ》げれば限《きり》がない程《ほど》、傷つき、痛んで、一四三センチの小さな身体《からだ》は、だんだんと加齢《かれい》の重さでしょうか、縮《ちぢ》んで年々小さくなって来ているようです。横たわるにしても、ベッドの手前に、チョコンと三分の一も場所を取りません。

――真ん中に寝なさい、危ないから――

家人にしばしば注意されます。真ん中に寝ると、寝返りが打てない身体《からだ》は、ベッドから降りることが容易ではないのです。健康体のお方にはご理解できないでしょうが、ベッドから落ちそうな際《きわ》に、私はやっとの思いで、自力で横臥《おうが》するのです。不自由な身体《からだ》は、老いのせいだけでなく、乳癌《にゅうがん》の手術による、肉体の機能低下が原因です。

(乳癌《にゅうがん》になったのは、DNAの中に組み込まれた発癌性《はつがんせい》の因子《いんし》を、私が活性化したからです。何故癌《がん》を誘引《ゆういん》してしまったのか、その

原因は何だったか)

四〇年前の生死をかけた、四時間半の手術を思い起こし、苦しかった術後のコバルト療法《りょうほう》に思いを馳《は》せ、どうしてこんな身体《からだ》になってしまったかと、涙するのでした。

当時の私が、どんな多忙な日々を休むことなく働き続けていたか、その生活環境での生き様《ざま》を追憶《ついおく》し、過去の中へと探求するために戻ります。乳癌《にゅうがん》の発病原因を、あれこれと考え、当時の私の生活を思い起こし、腹が立って来たりすることもしばしばです。思い当たる事柄が多すぎて、戸惑《とまど》い、考えをめぐらす力も尽きてしまうのです。今こうして何の心配もなく過ごさせていただいていることが、すごく嬉しくなってきます。

(ありがとう、ありがとう)

感謝しながら、あるがままを受け止めると、浅い眠りに落ちるのでした。

明るい考えはほんの一瞬で、すぐ暗い方へと引き込まれて、持続はできません。気付けば、いつものことですが、過去の中にすぐまた、引き戻されてしまうのでした。過去から蓄積されている、私の既成概念《きせいがいねん》という暗い中を、ぐるぐると、堂々巡《どうどうめぐ》りしているだけでした。過去には、何の解決方法も、明るく嬉しくなる要素もありません。

こういう夜は、寝付きも悪く、トイレに夜半、そして朝方と、二回起きることになるのです。

近い場所にトイレを作るか、部屋に置ける椅子《いす》式の簡易便器を購入するか、勧《すす》められてはいるのですが、足腰が萎《な》えないうちは、今のままでよいと思っています。

机の上に置かれたバラの花柄のスタンドは、私の心が重苦しくなると、それに合わせたかのように、灯《あか》りが暗くなるように思えるのです。

(気のせいか)

と、視力の衰《おとろ》えている、私のショボショボ目の錯覚《さっかく》ではないかと、初めは思っていました。私の心が暗くなると、部屋全体の暖かい雰囲気が、いつの間にか、冷たい感じに変わっているように思えるのです。

このように感じた翌朝は、必ずと言っていい程《ほど》、イラク、アフガニスタン、イスラエル、アフリカ、南米、北米、イタリア、日本に於ても、殺戮行為《さつりくこうい》、テロ行為、殺人、誘拐《ゆうかい》、強盗等、考えられない程《ほど》の、血生臭いニュースが報道されるのでした。

私の心が明るくなれば、国家も、地球も明るくなるのかと、次の日も、その次の日も、明るい方だけ見て過ごそうとするのです。テレビでの暗いニュースを見ると、気を取り直し、明るい方へと自分の心を向かわせようとします。

そう努力しても、いつの間にか、腹が立つ思いをしたり、悔《くや》しさに涙することになってしまうのでした。

昔の化《ば》け猫《ねこ》映画を思い出し、行灯《あんどん》の油を、猫の化身である美女が、舌を出して嘗《な》めている姿を思い出しました。

私は、灯《あか》りを消すことに致しました。起きて消す動作も儘《まま》ならないのですが、あの美しい優雅《ゆうが》な、バラのお花のスタンドの灯《あか》りを消して、休むことにしたのです。ところが、朝起きてみると、消したはずのスタンドのスイッチが、いつの間にかONになっていて、灯《あか》りは、点《つ》いているのでした。

カーテンを開け、まぶしい陽射しを窓外に見ながらも、何故、消したはずの灯《あか》りが、点《つ》いていたのかと、またしてもそのことに、捉《とら》われるのでした。

——今朝は顔色悪いね、具合どう？——

家人に聞かれても、そんな朝は、答えようがないのでした。

（私しゃ、いつでも病人ですよ。何で今朝に限って、そんなこと聞くの）

頭の中は寝不足で、回線経路《かいせんけいろ》はと言いますと、応答のしようがございません、と冷たく、誰に対しても門戸《もんこ》を閉ざしてしまうのです。

（昨夜、遅くまで眠れなかったから、寝不足なの）

すぐには、言えないのでした。

それでもやっとこさで、その言葉が出て行きました。

食欲もなく、今朝は、お茶を少しすすっただけでした。

「夜は寝なければならないと、決め付けることもありませんよ。眠くなければ、起きていれば良いだけで——。昼、眠ければ、寝たらいいいし」

寝不足という考えすらも、捉《とら》え方が、視点が、私とは違うのでした。寝たい時に寝て、起きたい時に起きて、何の捉《とら》われもない、生活のリズムをもっと気楽に、自由に過ごせばとの仰《おお》せのようです。

（お陽様《ひさま》が高いのに、寝てなんか失礼ですよ。それにお月様かって」

　心の中で思いをめぐらせたら、

「夜は寝るものであるという、既成概念《きせいがいねん》で自分を縛《しば》っているから、いちいち眠れないことを気にして、それで余計《よけい》具合悪くしているのです。地球の裏側は夜だし、昔と違って、夜働いておられる方は、沢山《たくさん》いらっしゃいますよ」

　夜であるとか昼であるとかも、気にしないようにと言ってくれるのでした。

　ここに来て私は、娘のパジャマ姿を見たことは、一度もありませんでした。いつも、そのことは不思議に思っておりました。

　いつ寝るのか尋《たず》ねようとしたら、

「部屋の灯《あか》りを、どうして点《つ》けないの？」

夜半に娘が、点《つ》けていることが判ったのです。それを聞いて安《あん》堵《ど》した私は、お恥《は》ずかしいことですが、一度に食欲が出てまいりました。

悩みや、心配ごとがなくなると、少食な私ですが、お腹は空《す》いていたのでした。

ジャガイモ、トマト、セロリ、芽《め》キャベツ、赤ピーマン、シメジ、色とりどりのお野菜の入ったスープが、私を誘《いざな》うのです。

思わず（食べよおっ）――と。

童心に帰って、松の実とクコの実入りの焼きたての黄色い、柔《やわら》かいパンをほおばりました。

いつもと違う食べっぷりに、娘もひと安心した様子でした。

「今日、お医者さんに行きましょう」

聞こえないふりして、娘には、生返事しながら、美味《おい》しい朝食に舌鼓《したつづみ》を打つのです。大好きなカプチーノまで飲み干《ほ》すと、いよいよ脳天気は快晴《かいせい》です。

嬉《うれ》しくなって、エンジンは快調《かいちょう》に始動し始めました。

「私は、どっこも悪くないから。お医者さんに行ったところで別に用事ないもの」

大きな声で宣言しました。

スタンドの灯《あか》りが暗くなり、怖《こわ》かった原因が判ったので、心が軽くなったことを話しました。

「幽霊《ゆうれい》でも出て来て、スタンドの灯《あか》りを点《つ》けていたとでも思っていたの？」

そんなことが怖《こわ》かったのかと、大笑いです。

私にとっては、そんなに簡単なことではありませんでしたのに――。

「冷え込み始めたでしょう。夜半、様子を見に行く時、灯《あか》りが点《つ》いてないと私が困るのです」

娘が、老齢化していることを、またしても私はケロッと忘れていたのでした。

「灯《あか》りがだんだんと暗くなってきて、冷たあーい風が、部屋に満ちているように思えて、本当に怖《こわ》かったの」

聞いていただいたら、お叱《しか》りは受けたものの、私の心は軽くなりました。寝不足で具合悪かったはずなのに、全く気になりません。お茶碗を洗う、お手伝いをしてみました。

私の身体《からだ》は、私の心の在《あ》りようで、良くなったり、悪くなったりすることが、身に沁《し》みてよおうく判り始めました。

あるがままを受け止め、素直な幼子《おさなご》の心で皆と接すれば、何一つ心配することはなかったのです。怒ったり、苦しんだり、悩んだり、遠慮《えんりょ》することもないのです。

捉《とら》われの中にいつも居ると、どんどん身も心も重く、苦しくなってしまいます。見るもの聞くもの、電気スタンドの灯《あか》りさえも、本当に暗くなるという事実を知りました。私の想念を暗から明へと、常に切換え出来るように、心がけることに致しました。

一、過去を見ない
二、今を生きる
三、ありがとさん（サンキュウさん）

夜ベッドから、電気スタンドのバラの花と、葉と茎《くき》の美しいコントラストに見入っていると、きれいなバラの花の醸《かも》し出す雰囲気に、同化して行くのでした。灯《あか》りが鮮明に、透明に輝きを増してくるように見えます。

翌日から、忘れず、このような心がけを実行しますと、お部屋は明るくなって、暖かい感じが戻ったようでした。

いつも、このような心の在《あ》りようでいたいのですが、いつの間にか、そのことをすぐ忘れて、実行できなくなるのも事実です。感情の嵐の中に居ることが判る度《たび》に、本当に、本当に恥入《はじい》ることばかりです。より向上したい、との思いがあっても、気の遠くなるような、遅々《ちち》たる歩みしかできないのでした。

植物が太陽を求めるように、私も淡々と、内なる心の奥の

〈宙《ソラ》〉を目指しはすれど、
三日坊主で、持続できないのです。

更に、私は明るい方へ、〈宙《ソラ》〉へと、何度でも何度でも、挫《くじ》けず前へ歩み続けるのでした。

ベッドの中で、背筋《せすじ》を伸ばし、足腰を動かして、少し筋肉をほぐしておりました。何故か嬉しくなって、声をたてて笑いたくなるのです。

（ワッハッハ、ワッハッハ――）

天井《てんじょう》を見て赤ちゃんのように、大声で笑っておりました。

しばらくして、窓辺のスタンドを見ると、バラの花のスタンドが机の上にありません。そこには、大日如来様《だいにちにょらいさま》が立っていらっしゃるのです。

私は驚いて、全身が緊張《きんちょう》でピリピリする程《ほど》、雷にでも打たれた様になりました。

畏《おそ》れ多く、勿体《もったい》なく、それでいて私のショボショボ目の視力を疑い、お脳の回線経路《かいせんけいろ》が、おかしくなったと思いました。

よおうく目を凝《こ》らして見ても、バラの花柄は、どこにもないのです。

紛《まぎ》れもなく、大日如来様《だいにちにょらいさま》のお立姿です。おかしい、こんなことがあるはずはない、という思いの反面、私はベッドの上に瞬間居ずまいを正し、平伏《ひれふ》していました。

（私は、明治四十三年八月一〇日、戌《いぬ》の年の戌《いぬ》の日に、四人兄弟の中の女の子として、三番目に、苫田郡《とまたぐん》高田村で生まれました。

九十五歳と三ヵ月も、こうして生かさせていただき、ありがとう

ございます）

平伏することは、私の身体《からだ》ではできないはずです。

それがです、ベッドの上に正座し、窓辺の机の上で光り輝くお姿に向かい、恐れをなして伏したままでおりました。何故か、涙が頬《ほお》を伝い、私は、感動に打ち震えておりました。

ありがたくて、嬉しくて、全身が全て子供の頃に返ったように、吹けば飛ぶように軽やかに、柔《やわ》らかくなっておりました。

三〇分経ったか、一時間過ぎたか、定かではありません。恐《おそ》る恐《おそ》る顔を上げて見ました。そこには、アンティーク調の電気スタンドが、いつもの場所に、いつものように、在《あ》るだけでした。

二〇〇四年十一月二十三日の夜のことでした。

〈六〉

私とは何でしょう

右足を踏み込むと、左足の足型の踏み台が上がります。左足を下まで降ろすと、右足の踏み台が上がるのです。時間、回数、両足のバランスが計器に表示されます。孫が私のために買ってくれた足踏み機です。

血圧が高く、心臓病のある私には、御注意書きがありますが、孫の好意を無にしないようにと、ほんの少しですが、気が向けば使ってみるのでした。それも、誰も、家人が見てない時を選んでしているのです。二分がやっとで、両足のバランスは、平均値の五〇の表示からは程遠《ほど》いです。両足で一カウントされる回数は、十七でした。

足踏み機を漕《こ》ぐ私の速度は平均以下で、実に鈍《のろ》い歩みです。壁に手を置いてしますが、そのうち手放しでできるようになりたいと、願っているのです。息切れしないよう、体調に合わせて、慎重にしています。小さい私の足の二倍程もある、ゆったりした台に乗って、自力で足を下へと動かせば良いだけですが、それでも私には、かなり力が必要です。踵《かかと》に力を入れ、自力で踏み込む度《たび》に、足の筋肉が刺激を受けます。歩行不足の私には、うってつけの贈り物でした。

明るく、楽しく、心は、〈宙《ソラ》〉へ——と。

右足、左足を踏みしめるごとに、私の身体《からだ》は暖かくなってまいります。もっと〈宙《ソラ》〉へ、もっと〈宙《ソラ》〉へと、心の奥へ、魂の奥へ夢中になって入り込んでおりましたら、

「やってたの？」

何時《いつ》の間に来たのか、娘が数値を覗《のぞ》き込むのでした。

娘の声に安堵《あんど》して、私は、両手を放してみました。目まいがして、倒れそうになります。

「今日は、顔の色艶《いろつや》がいいですよ」

お褒《ほ》めをいただき、私は嬉しくなりました。

何よりも、娘や孫にやさしい接し方をされると、それだけで、私の心は癒《いや》され、嬉しくなるのです。身も心も軽くなり、今日は、二分でこの前の倍ぐらい歩けたことも、嬉しく、それ以上に、もっと、もっと、すごい喜びが全身に満ちているのでした。

娘も、二分位足踏みを致しましたが、数値は良い結果だった様子です。私は、娘の元気な姿を見て安心しました。

長女と次女は、年子で今七十五歳に近いと思います。私よりも不甲斐なく、入退院を経て、お二方《ふたかた》ともに、病院通いしております。頼りにしている娘が、健康でいてくれることが、今の私にとっては、何よりの精神安定剤でした。

何度も、長女と次女は、私を施設《しせつ》へ預けようと試《こころ》みたようですが、間一髪《かんいっぱつ》で、ここへ、私は拾われてまいりました。この家の庭にやって来る、風来ねこ達に、エサを与えているのを見るにつけ、まるで宿無しの外ねこが、私の老後の吾が身と重なるのでした。

（ある日また、何処《どこ》かへ連れて行かれはせぬか）

との不安感は、ここに来てからも、ずっと私の中に常にありました。私は存じませんでしたが、施設へ入れることに、反対の意見を末娘が持っていて、私を引き受けたらしいことが、少しずつ判ってまいりました。

娘が病気になって、私の面倒が見切れないことになったら、この先一体どうなるのか、一抹の不安は今でも拭《ぬぐ》えません。今のこの幸せを感謝し、暗いことを考えないようにしています。

今は、三度、三度、美味《おい》しい食事にありつけ、反発心さえ私が、出さなければ、何一つ不自由なこともないのでした。幸せな老後を送らせていただいているのです。

それでも心のどこかで

ご迷惑《めいわく》をおかけしてはいけない

勿体《もったい》ない

私如きは

等々……と、文句ではないのですが、あれこれ考えてしまう習性は直りません。

——早くからここへ来ていれば、要《い》らぬ心配や、いやな思いを、しなくて済んだものを――

凝縮《ぎょうしゅく》された娘のこの言葉が、今ここに在る私への全てでした。風来坊の悲哀を味わわないで済んだものを、頑固で、意固地なために、わざわざ遠回りしたのは、私自身でした。

初めからここへ来れたものを、私が遠慮したがためです。それは、その当時、まだ私がなんとかお店を、一人で切り盛りしていたからでもあります。お店を閉めるという決断に到るまでの忸怩《じくじ》たる葛藤《かっとう》が、私の中で長引いてしまったのです。

今では、二転、三転と、ここへ落ち着くまでの間に、いろんな体験を重ねたことが、決して無駄ではなく、必要があって与えられたと思っています。この家の暖《ぬ》くもりある私への接し方が、より強く、嬉しさを増します。

ありがたさが身に沁《し》みる程《ほど》に、私なりに気苦労を重ねた結果、得たものは有り難いものでした。

口数の少ない娘ですが、的確に私に対して話す時の、鋭いヒラメキは、感心させられることが多いのです。馴染《なじ》むまでの二年余り、お世話になる以上はお任《まか》せするという心がなければと、取り越し苦労を背負って、一人相撲《ひとりずもう》を取っていたようです。

全ては、私の心の在《あ》りようで、明にも、暗にも結果が出るのです。どんな良い環境を与えられても、居つけるか否かは、私の心次第《しだい》であることが判りました。お金や名誉や地位、格式、身分も、全く関係なく、人間は、（こころ）の持ちよう一つで、幸せになれることが判りました。各人各様の生き様《ざま》があって、個性豊かに自己主張しあい、地上に、たった一つしかない自分という花を咲かせようと生きています。
私の人生を振り返った時、何が残るかと問われたら、〈心〉ですと、そうお答えするでしょう。
誠《まこと》の心
暖《ぬ》くもりある心
労《いた》わる心
敬《うやま》う心
義《ぎ》の心
幾つか、思い浮かぶ心を挙げてみると、全部やってこれたような、気持ちになるのでした。随分と立派な、優等生の私が、いるのでした。
それは、表層意識が仮面を被って、良い子ぶっての自己欺瞞《ぎまん》であることが、よおうく今では判るのです。いろんな心を、一つひとつ角度を変えて見れば、何一つ、全《まっと》うしていないのでした。九十五歳になったからといって、これで良しとする、到達地点もゴールもないのです。

人間は一生《いっせい》、学ぶ時間は限られています。地上での無限に広がる学びの場の中で、少しの知識を得て、賢くなって進化して行くことは、地球の歴史と同じく、人間も永遠《とわ》に生命《いのち》の源《みなもと》へと続く道を、歩み続けねばならないからです。

私が今迄《いままで》のまま、長女宅でお世話になっていたとしたら、田園風景を見ながら、山裾《やますそ》を散歩し、タンポポや、つくしを見つけた時の喜び以外には、朽《く》ち果てる日を待つだけではなかったかと思います。

次女宅に居た時は、大きな家の中に一人だけで、何の刺激もなく、食べて、寝て、お庭の手入れをする生活でした。当時の私は、介護三級でしたが、だんだん動けなくなって、寝込むようになっていたでしょう。

外見はとても穏やかで元気そうに見えた娘達が、突然入院して、手術することになろうとは、全く私は予想すらしていませんでした。自分が老いることは進行中でも、娘が老いることは、私の考えの中に、全く一片《いっぺん》すらなかったのです。

急に来た末娘宅での生活は、初めから、私を老人扱いしなかったことです。人間として普通に扱ってくれました。一人前の人格ある一個体として、処遇《しょぐう》してくれたのです。そのことのありがたさは、今では判りますが、来た当時は全く気付きませんでした。

明治、大正、昭和と、名実ともに、命令、強制の軍国主義、戦争の世代を生きてきた私は、依存心の強い環境の中で育ちました。自分で自分のことを自主的に決断することは、難しいことでした。誰かに命令され、服従することで良しとされる教育を受け、その中で蓄積されてきた殻《から》は、そう簡単に破ることはできません。

地球の流れは、今本当に変わりました。九十五歳の私が、遺伝子《いでんし》工学の本を手にしているのです。ユングの深層心理も、この家に来てから知り合った、リョウさんより教わりました。これらの本で、宇宙のことが少し判ってきました。地球の時代史を、共に、この小宇宙という身体《からだ》で歩んでいるという実感も、湧いてくるようになりました。

この歳で学び、知識を得た喜びは、私にとって、掛替《かけが》えのない宝物です。大宇宙から見れば、けし粒にも満たないこの私が、こんなにも変わったのです。地球が変わるのは、当たり前のことでした。その反対かもしれません。地球が変わってきたから、私のような吹けばとぶような人間も、変わらざるを得なくなったのでしょう。

地球が変化し続けることは、宇宙全体も変容し続けているということです。

小宇宙の人間が変われば、地球人類の集合意識である大宇宙は変容し、その進化は、天体全体へと轟《とどろ》くからです。

それは、口伝《くちづた》えよりも遺伝子《いでんし》の伝達力によって、情報は、固体を通じて放たれる仕組みになっているからです。

ご機嫌で窓辺の机に向かい、ここでの生きがいの一つ、本を読み、思索《しさく》し、作文を書き、うたを作る日課の中に浸《ひた》っておりました。

窓外に、菊鉢《きくばち》を持った孫の姿が見えました。黄、白、ピンクと、見易い所へ並べて、私に気付くと、にこっと笑って、何か言ったようですが、聞こえませんでした。

(ありがとさん)

私は心の中で叫んでおりました。

「ヨオッ、ずい分、きれいじゃないの」

孫が部屋に入って来て、耳元で声をかけてくれました。

「サンキュウさんでした。あれは、菊の花でしょう、きれいだねえ」

「いやあ、きれいなのは花じゃなくて――。今日は、そんなにツルツル顔で、色白で、元気なの？　いいことあった？」

予期せぬ嬉しいお言葉を頂戴《ちょうだい》しました。

コーヒーとカステラを持って、娘も加わりました。

「今日だけじゃない。いつも私は元気ですよ」

また減らず口を、叩いてしまいました。

確かに私は変わりましたが、安定はしておりません。心が暗い方を向くと、すぐ元のボケババアーに戻るのです。いつも明るく〈明《ライト》〉になると、心の内なる〈宙《ソラ》〉が見えてくるのです。お元気になり、若返り、色白で、皺《しわ》も伸びます。嬉しくなって、喜びの中に居れるのです。

今日は勿体《もったい》なくも、畏《おそ》れ多い、私の体験したことを、伝えておきたくなりました。私は、回転椅子をくるりと、短い足を伸ばして回しました。この回転椅子をくるっと回すのが、とても私には爽快《そうかい》なのです。そういう私の姿を二人は、にこにこしながら眺めておりました。嬉しいときは、何をしていても嬉しくなるのです。

ベッドに座っている孫と、目の前のソファに座す娘に、

「大日如来様《だいにちにょらいさま》が、この机上の、ほらっ、このスタンドにお立ちになられたのですよ」

と申しました。

二人は、神妙《しんみょう》な顔つきで、黙ってコーヒーを飲んでおりました。

「家《うち》は昔から、真言宗《しんごんしゅう》でしょ。高野山を開かれた弘法大師様《こうぼうだいしさま》ですよね。ご本尊様《ほんぞんさま》は大日如来様《だいにちにょらいさま》です。このことは、知ってるでしょう」

日頃から宗教に興味のない二人に、私はまず大日如来様《だいにちにょらいさま》のことから、説明を始めることに致しました。私が見た光景を鮮明に思い起こしながら、ありのままを話すことにしました。

大日如来様《だいにちにょらいさま》のお姿を、直接拝したその時には、何も判らず、ただ平伏していたのです。それなのに、時間が経つにつれ、一つだけ鮮明に、確信となったことがありました。

九十五歳まで生き長らえても、自分で答えを見つけることができなかった、

〔私とは何でしょう〕

〈人間とは何か〉

という私の中の疑問が、一瞬で解けたのです。

それは、厳《おごそ》かに私の中で

人間とは
本来
光そのもので在《あ》る

この言葉が湧き出てきて、疑う余地《よち》もない確信がどっしりと根付いたのです。

偶像《ぐうぞう》とか、教祖様《きょうそさま》とか、自分以外の他を求める、地上に蔓延《はびこ》っている宗教ではなく、自分の内に、魂の中に在る、本当の自分である、実在の光に気付くために、今世、地上に人間として生誕していることが、鮮明に判ったのでした。

実在の光によって生かされていることに、人間が気付きさえすれば、あるべくしてある良き姿へと、人間生来の姿へと、本性の光に導かれ変容できるのです。

このような鮮明な答えが、深い眠りから目覚めたような感覚で、心の中にしっかりと、刻み込まれていました。

「地球は刻々と変化していて、生きとし生けるものすべての、光の源《みなもと》による大計画によって、光で統一されているのですよ。地上で今、このことに気付いた者から、光と化して行く地球に対応する生き様《ざま》を、自らの本性の光と共に、自らの決断でしなければならない、自力救済することになっているのです」

その時には何も覚えていなかった言葉が、脳裏《のうり》に刻まれていたかのように、すらすらと出てくるのでした。

私の話を二人は、目を丸くして、真剣に傾聴《けいちょう》している様子でした。

「地球人類全ての者が、あらゆる既成《きせい》の捉《とら》われから脱し、自らの内にある、本当の自分を生かしている、光と共にある生き様《ざま》に変わらねば、暗黒の地球は、国家も個人も例外なく、一歩も前へ進めなくなりつつあるのです。

そのためには、いつも嬉しく、喜びと感謝の中で過ごすことが必要ということです。〈明《ライト》〉を選ぶ生き様《ざま》に、私が気付き、宇宙意識〈宙《ソラ》〉を、求めようとしてきたことは、人間本来の正しい姿だったのですよ」

黙って聞いていた孫は、やっと重い口を開きました。

「今日は、脳天気のせいでもないね。顔がこの前、花鉢《はなばち》をもって来た日のように、今も真っ白でピカピカに変わってきているから」

両手を見ると、なんと、皺《しわ》がほとんどなくなっているではありませんか。

娘が私に手鏡をよこしました。

鏡に映《うつ》し出された、私に似た、若々しい顔に驚きました。

「これ、本当に私なの」

二人は、私の顔をじっと見詰めて頷《うなず》きました。この変容《へんよう》だけは認めてくれたようでした。

畏《おそ》れ多いことですが、大日如来様《だいにちにょらいさま》から、あれ以来、私は、目に見えない何かを頂戴《ちょうだい》したのだと思っております。

この家に来てから、地球の歴史の大きな流れの中にあることを感じ、一度に視野が拡がりました。

大宇宙の根源ともいえる、光の源《みなもと》の存在、〈宙《ソラ》〉を垣間《かいま》見たおかげでさらに、遺伝子《いでんし》工学のご本によって気付いたのです。これ等の知識は、良書に恵まれ、良い方々にお逢いし、想像もできなかった遺伝子《いでんし》工学の研究されている時代に、好運にも私が生存していることとです。

頭の回線経路《かいせんけいろ》を〈明《ライト》〉にすると、遺伝子《いでんし》は、嬉しく、スイッチが入り、良い方へと統一されます。今、私の身に、そのことが起こったのです。

「今度は、夢ではなくて、大日如来様《だいにちにょらいさま》のご出現でしたか。本当にお目にかかれて良かったね。何はともあれ、向学心に燃えて、良く本を読み、勉強しているから、ご褒美《ほうび》をいただけたんだよ」

孫の明るい励ましの言葉に、またしても、

「水を差すようだけどね。お迎えが近いからこんなことが起こるのでしょうよ」

余計な言葉が、お口からこぼれるのでした。

「そんなことはないよ。もっともっと勉強して賢くなって下さいよ」

私への気遣《きづか》いを、くすぐったい思いで聞いておりましたら、だんだんと手は元《もと》のおババのシワシワになっておりました。二人の表情を見るまでもなく、私のお顔も、元のしわしわバアーに、戻っていると思いました。

このような体験の一連のできごとは、今振り返ると、一つ学び、〈宙《ソラ》〉へ向かって近付けば、人間を生かして下さっている、意識を持った、実在の私を生かしてくれている本性の光が、肉体の心まで降りて来て下さり、共に歩んでくれるということが判ったのです。

〈私は一人ではない、実在の偉大な光が共にある〉

揺るぎもない確信が、私の中にあります。

これからは、永遠《とわ》に光の源《みなもと》、創造の世界へ向かって、私は、人間進化を刻みながら、今、目の前に見えて来た旅路を、歩み続けてまいります。

刻々と変容しながら、地球の歴史を進化へと刻む新しい地球人類は、私が体験したことをいずれ誰もが、日常生活で実践し、地球進化への道を、光の源《みなもと》へ向かって歩んで行かねばならないでしょう。

二〇〇五年　記

ちよ女

あとがき

それ行けちよさん93歳!!〈粗大ゴミからの脱出〉二〇〇五年十二月出版。この一冊目の、著書贈呈《ぞうてい》本を手にした私は、本当に夢か現《うつつ》か判りませんでした。

喜びと感謝に打ち震える思いで、しばし居りました。（表紙の写真参照）

最後の最後まで、生き抜き、学び、〈宙《ソラ》〉からの叡智《えいち》と共に歩めば、不可能も可能になることを体験致しました。

本当の自分である〈生命《いのち》の源《みなもと》〉を、いつも意識する生き様《ざま》が体得できたら、魂のふるさとへ、旅立ちしようと思います。

この作品は、カネボウが、大賞の公募を中止したために、机の中にしまっておくことになったものです。読んでいただける日が訪れることを願います。

二〇〇六年　記
ちよ女

追《つい》憶《おく》

追憶　目次

〈一〉

藺草《いぐさ》刈りの頃

いつの頃でしたか、もうすでに忘れかけているのですが、病気知らずの主人が、朝起きると全身が腫《は》れて、別人の様に変わっておりました。

いつも私がお世話になっている、主治医の先生に診ていただきました。診察もしないで、

「肝硬変です」

名医の眼察力の即断でした。

「これは、大変ですよ。一カ月は絶対安静。むろん酒類は一滴も駄目。ご本人は平気でいるけれど、本当に一カ月ですよ」
今迄《いままで》も身体《からだ》がだるいとか、何か兆候《ちょうこう》があったはずですが、六十五歳のこの日まで、主人は健康に恵まれてまいりました。それ故《ゆえ》、診察を受けたくないと、頑強《がんきょう》に抵抗する主人を、先生の前へ連れて行くまで、難儀《なんぎ》しました。
しぶしぶ連れて来られた、主人は
「先生、そんな脅《おど》かしはなしですよ。自覚は全くありません」
先生のお言葉を冗談ぐらいにしか思っていない様子で、診断を全く信じようとしませんでした。
診察が終わってから、先生は私に
「こんなに悪化するまで、何故《なぜ》放っておいたのか悔《く》やまれるよ。

なあ……っ」――と。

後日の血液検査の結果を待つまでもなく、先生のお言葉から、笑っておれるような病状でないことが判りました。

先生には、何十年もお世話になってきているだけに、主人の病に気付かなかった私は、申し訳なさに暗澹《あんたん》たる思いでした。

「明日から注射に来るか、それとも今から病院に入院する手はずをしますか、どちらかに決めて下さい」

予想をはるかに上廻《まわ》る、先生のお言葉に、私も倒れそうになりました。

(このままでは、一カ月も持たない)

私は、耳をかさない主人を説得し、いよいよの覚悟を決めました。そしておとなしく、とりあえずは、病人になってもらうしかありませんでした。

普段から病気をしたことのない主人にとっては、青天の霹靂《へきれき》だったことでしょう。

病になることがどういうことか、全く経験がなかったのです。

安静に過ごすための病人になって頂くには、まず本人が病気を納《なっ》得《とく》しないことには、何一つ前へ進めません。

主人の気難しさは有名で、それは、それは、大変なものでした。

性格がすぐいだけに、正義感が強く、曲がったことが許せないのです。

そのために、筋の通らないことには、誰であろうと相手構わず、妥協《だきょう》をすることはあり得ませんでした。

人並優れた健康と、並外《はず》れた頭脳明晰《ずのうめいせき》さが、正義感を伴って、一般社会の世情に通じなくなる点が多々あります。本人だけが判る、桁外れ《けたはず》の直感力での言動が、周囲との摩擦《まさつ》を生み出すこともしばしばでした。

笹沖に、昔から一軒しかない酒店ですから、遠くからも、お客さんが来られておりました。

現金で買うお方よりも、ほとんどが

「つけといて」

「また後でね――」

藺草《いぐさ》刈りの夏の暑い日々、裸足《はだし》のまんま、泥《どろ》んこで田んぼから直接来られ、必要な品物を持って帰られます。

まるで、お一人お一人のお客さんが、身内のように、その家の状況を私達が知り、すべて私達のこともご承知の上での、お得意様とのお付き合いでした。

特に藺草《いぐさ》の刈り入れ時は、各農家には、その時だけ、他《よそ》から五人も六人も、十日程《ほど》働きに来られていて、お座敷に寝泊りするのです。藺草《いぐさ》刈りの最中には朝六時頃から、夕方は、日暮れてまでも、泥んこになって、総出で働いておられました。

藺草《いぐさ》は畳表《たたみおもて》にする草です。緑色が濃くなって、背丈《せたけ》が一メートルを超える青々とした田んぼは、朝露《つゆ》に濡れて、涼風を呼び美しいものでした。

裏を流れる、小さな川の対岸向こうにまで藺草《いぐさ》が続いて、実に清々《すがすが》しい田園風景の中で一時《いっとき》を過ごせました。

水稲《すいとう》と違い、夏場の藺草《いぐさ》刈りは、家族の他に、雇っている方達の食事も出さなければならないのです。農家の主婦にとっては、寝る間もない程《ほど》の過酷《かこく》な労働でした。酒、塩といった専売品《せんばいひん》だけでなく、乾物や果物《くだもの》、菓子類、野菜等、魚以外の注文に追われておりました。

注文をするひまもなかったお方は、夕方裸足《はだし》で自転車を乗りつけ、パンを二〇個とか、かまぼこを五枚とか、酒を二升とか、

「よろしく」

その一言《ひとこと》で、すべて心が通じるのでした。

私は忘れないうちに、出金伝票に、お名前と持ち帰られた品々《しなじな》と金額を、記入しておくのでした。少しでも気を抜くと、何を、誰が、持ち帰ったかを忘れてしまうからです。

こうした慌《あわただ》しい中にも、心がお互いに通じる信頼関係は、地元の笹沖の他、吉岡、浦田、堀南、新田、西中新田、そして大高

小学校のもっと先の田の上とか、沖等、ほとんどの家も、名前も
諳《そら》んじておりました。
当時のお得意様は、広範囲でした。
伝票での集計は、その日にしておかないと後日になって困るこ
とになるので、それは厳重に守っておりました。いつも夜十二時
前に、私も主人も、休んだことはありませんでした。
そういう時、主人はと言えば、朝読み残した新聞を、隅々まで
目を通しておりました。時折、私にも記事の内容を説明してくれ
るのですが、私は自分の左胸の、ズキンズキンと気になる、手術
の後の痛みに耐えながら、その日、その日を、死神を追い払いな
がら、過ごしておりました。
主人は、本をよく読んでおりました。そういう時の主人の心は、

自分で納得するまで、とことんのめり込んでいる様子でした。集中力は凄《すご》いもので、読んだ内容はほとんど自分のものとして、実に博識でした。何を聞いても判らないことがない程《ほど》、知識は豊かでした。そのためか、お得意様からも、

「大将、子供が生まれるんだ。名前考えてよ」

と、気軽に依頼されるのでした。何日もその名前を考えている様子で、依頼されたお方の信に応《こた》えようと、専心するのでした。必ずと言ってよい程《ほど》〈ヒラメキ〉で、名前が出てくると、字画をよく見てから決めておりました。その墨書鮮《ぼくしょあざ》やかな達筆な字は、皆さんが感心する程《ほど》でした。

その反面、気が向かない時は、何を、誰から頼まれようとも、てこでも動きませんでした。

その日の、あるがままの、〈心〉次第でした。

（今日の主人のお天気は、どうなのか）

いつも私は、主人のご機嫌の良し悪しに、左右されておりました。日々の気苦労は、少なくなることはありませんでした。

津山の兄弟達も、遊びに来ても、主人の気難しさに、気遣《きづか》いする私を見るのが忍びないと、心を痛めてくれておりました。

病気の主人を抱えての店との両立は、半病人でもある私の身体《からだ》に堪《こた》えました。

その苦しかったことは、過ぎた今思い返しても仕方のないことです。すべてが、今の幸せを得るために、自らが計画して、地上に生誕したことが判っているからです。

懐かしい私の古里《ふるさと》は、今すでに兄弟も居なくなってしまい、私の生家跡も、ゲイトボールをする老人達の、遊び場となっているとのことでしたが、定かではありません。

弟の長男である甥《おい》が、総本家として、横野川の河原近くの県道沿いに立派な家を構え、今も健在ですが、とんとご無沙汰《ぶさた》しております。(写真参照)

思い出深い津山の地を私が踏む機会はもうないでしょう。

津山を出てからの私の歩みは、今振り返ると、人生に一度の私という花を、この横浜で最後に咲かせるための、長い長い準備の助走であったと思います。

苦労したと、兄弟達にも言われてきました。商家の年中無休の中で、四人の子供達を育て、大人しい舅《しゅうと》と、気難しい主人。

戦前、戦中、戦争後の、めまぐるしい物質万能の時代の流れに押し流されないよう、自分の信念をしっかりと堅持して過すことが、どれ程《ほど》大変なことであったかを、少しだけこうして記しておきました。

少しだけと言うのは、日本にとっての暗黒時代、その中で見聞したことをあからさまにすることは、私の穏やかな今の幸せをひっくり返す程《ほど》の、腹立たしいことが蘇《よみが》えるからです。

命令と強制と、統制の、矛盾だらけの中を忍従してきた、戦争という、大きな大きな拭《ぬぐ》えない傷跡が痛むからです。

平和の文字は、今も昔もあちらこちらで、バーゲンセールのように、地球上に氾濫《はんらん》しています。その平和は、物質的な一側面の目でしか捉《とら》えられていないように、私には見えるのです。

〈心〉の目で、足で、地球上の平和を実現すれば、本当の平和な地球の歴史が刻まれて行くことでしょう。

それは、理想ではなくて、個人の〈心〉の持ちよう一つで、自分も周りも地球も変わって行くのです。

戦後六〇年余り、物質的豊かさを追い求め、目の前の損得のみに目を奪われた人間の〈つけ〉が、今の混乱を招いてしまったことは、見るに忍びない思いです。

今の地球上の混乱は、生きるか死ぬかの瀬戸際《せとぎわ》に、崖《がけ》っぷちに、人間が一人ひとり立たされていることを、深く感じさせられます。

個人の私達が、地球という大きな恩恵の中で、限られた恵みを、如何《いか》に平等に同胞《どうほう》に分配出来るかは、ありがとうの〈心〉が芽生えないと、自然淘汰《しぜんとうた》は免《まぬが》れないように思えるのです。

本当の平和は、各人の心が幸せに満ち、穏やかである時に、その温《ぬく》もりの中に、愛の芽《め》を、少しずつですが、育《はぐく》んで生まれるのです。そこには、争いの種は、蒔《ま》いても蒔《ま》いても、育つことはもうないのです。

小さな愛の芽《め》を、大きく大きくなるよう、どんな小さいことにでも心を通わせて、大切に育《はぐく》んでいきたいものです。

〈二〉 変わり行く時代

主人の危《あや》うい生命《いのち》は、入退院を何回か繰り返し、それから二年近く、養生《ようじょう》することができました。

病院も一箇所だけではありませんでした。

「こんなお方は見たことがない」

何度か医師に、その生命力の強さを言われました。

自分の考えを、絶対に曲げなかった主人は、それを理解できない者には、反発心と反感をもたらしました。そして、すぐ、曲がったことの嫌いな性格は、自分の意に沿わないことには、何人《なんぴと》に対しても妥協《だきょう》しませんでした。

大人《おとな》しく裏の座敷で寝ている間も、栄養のある物を少しでも食べていただきたいとの思いから、レバーとか、刺身とか、新鮮な魚肉類を、必ず毎日のように、差し上げておりました。

この頃から、周りの様子が変わりました。藺草《いぐさ》に代わって、水《すい》稲《とう》に戻りました。あちこちで農地を売り、巨額のお金が入ったという話題で持ちきりになりました。

足高山の南斜面にある、日当たりの良い墓地は、倉敷市の永代使用権のようで、笹沖の周辺に、昔から住んでいる方が葬《ほうむ》られております。

その墓地を背にして、私達が考えてもいなかった南斜面の山裾《やますそ》に、五階建の住宅何棟《なんとう》か、出現した時には驚かされました。

その頃から、道路沿いにある農地が、いつの間にか宅地に変わっているようになりました。

スーパーと称する、新しい大資本の大型店舗が、土地の大掛かりな買収に加わりました。

主人が寝ている間に、周りはどんどん変わって行き、全く見かけない、お顔も知らないお方が、店にやって来るようになりました。

「これ定価？　少し位負けとけよ」

乱暴な口の利《き》き方で、目付きも鋭く、特級酒や、ブランディー、ウイスキーの高級品をしつこく高いと言って、値引きを強要するのでした。そんな時、必ず顔見知りのお得意さんが居合わせて下

さり、
「酒は定価に決まってるよ。何言ってんだ」
と、応援してくれるのでした。
客筋が変わり始め、店のことでも、気苦労が絶えませんでした。
手伝いに来ていた、若い女の子にも、
「姉《ねえ》ちゃん、幾《いく》つなの」
と、馴《な》れ馴《な》れしく話しかけたりするのです。
病気の主人を抱《かか》えてお店をやって行くことが、私には、毎日が
生活するための厳《きび》しい戦いでした。
「この店は、後継ぎもいないんだってなあ。それなら、丸ごと買
うぜ」
見慣れない、蝶《ちょう》ネクタイの慇懃《いんぎん》無《ぶ》礼《れい》な土地ブローカーを伴って

来て、直談判《じかだんぱん》するお方も現われました。

入れ代わり立ち代わり、いろんなお方がやって来られました。

（四人も結構な娘が居て、何やってんだ）

親しい方々からも、非難の声が上り始め、辛《つら》い泣きたい日々でした。寝ている主人のことを、恨《うら》めしくも思いました。

四人の娘が他家に嫁《か》した時、

（今後一切、娘のことを当てにしてはならない）

それが、主人の決断でした。私もそれに従うしかありませんでした。

（娘の人生は、娘が自分で自由に決めればよい）

それは、娘達が自由に羽ばたけるようにと主人が与えた、〈自由〉というプレゼントでした。

そういう時に、吉岡の山を越えてバスも通る広い国道が、太田山の近くに、位置する所に決まりました。

アリが砂糖に群がるように、二年前まで一反（三〇〇坪）十五万円もしなかった農地が、一夜で、三〇〇万円に上りました。そして、あっという間に、一坪十六万から二十万円に地価が暴騰《ぼうとう》したのです。

早目に売ったお方と、半月も経《た》っていないのに、手にした土地価格は、雲泥《うんでい》の差となってしまったのです。

あいつの言う通りにしたばっかりに……。

本家のおやじに任せたばっかりに……。

一緒に売った方《ほう》が高く売れると、その誘いに乗ったばっかりに……。

店先に、数人が顔を合わせる度に、噂《うわさ》と、悪口と、すべてを人のせいにして、〈ばっかりに……〉の恨《うら》み節《ぶし》です。

持ちつけない大金を手にして浮かれている者と、先に売り急ぎして面白《おもしろ》くない者と……。

相手になんか、しておれなくて、

「塩をまくから、出て行ってくれ。もう売りたくない。今日はこれで店を閉める」

お天気の悪い時の主人の真似《まね》を、私もしたくなるのでした。

（女だと思って、甘く見るな！）

と言いたいのを、商売しているが故に、何度も何度も、〈我《が》慢《まん》〉の臍《ほぞ》を噬《か》む日々でした。

主人がどんなに忍従《にんじゅう》して来たか、その心が今にしてやっと理解できるのです。戦後の世の荒波を、どんなに主人が一身で守ってくれてきたか、当時の私は、気付きもしませんでした。

お客さんの中には、

「ここの大将が反対したから、国道が一〇〇メートル先の東側にできたんだ。この県道をバスが通るようになっていれば、駅前から一本道だったのだから」

過去を掘り起こして、店の前を通る県道沿いの土地の値が上らないことを、非難するお方も出てくる始末でした。

この時期、人間の心の浅ましさと、誠の心を持ったまともな考えのお方とを、対照的に見せて頂けたのです。人間の心の奥に秘めた想念《そうねん》の恐ろしさが、こんなにまで顕《あらわ》になろうとは、思いもよらないことでした。

（こんなにも、貪欲《どんよく》で、節操《せっそう》のないものか）

昨日まで信頼できたお方々が、時代の流れに一瞬で抗しきれなくなる、付和雷同《ふわらいどう》の姿を、嫌《いや》というほど見せつけられました。

主人が倒れたのを知り、その先行きを見越して、岡山県選出の議員の圧力によって、随分と嫌な思いを致しました。

そんな折、笹沖に二軒、新規に酒店の許可が出たのでした。あることないこと悪口を言われました。酒類は値引きしてはならないという、組合の約束ごとが当時ありました。

新規の店は、そういう約束ごとは守りませんでした。組合の会合にも出てこないので、たとえ安売りしていても、誰も止めることはできなくなっていました。

うちの店でも、お酒十本とかお買い上げのお方には、商品でサービスはしておりました。

〈商品でサービスするのは、値引きと同じじゃないか〉

酒類販売新規開業者の組合員と、昔から村に一軒許可されて、続いてきた組合員との間には、当初から大きな意見の隔《へだ》たりがありました。

〈売りさえすれば良いと……〉

大量販売店のスーパーにも、いずれ酒類の販売許可が出ることが予想されておりました。細々とやってきた、私達の小さな酒の組合にも、政治家をバックにした、大資本の圧力が押し寄せてきておりました。

主人が元気でいてくれたら――と。

そう思う反面、何も判らなくなっている方が、良かったのだとも思えるのでした。

主人に代わって、不慣れなことも一人で対処しなければなりません。

闘病生活も終焉《しゅうえん》を迎える頃、主人はまたしても、病院へ入院することになりました。

澄みきった目で、じっと私を見て、

「ここに居《お》らしてくれないか」

何度も何度も主人は、病院へ行きたくないと訴えるのでした。

毎日のように、主人の往診に来て下さっていた主治医の御助力で、入院致しました。

自宅で最後までいたいという主人を、救急車で入院させるのは、あまりにも残酷《ざんこく》な仕打ちのようで、このことは後々まで、私の心に捉《とら》われとして残りました。
人間の〈自由意思を尊重する〉あまり、世間一般の常識と噛《か》み合わなかった主人に対して、最後に私自らが、主人の自由意思を阻害したからでした。
主人の正義感は、
人の心を縛《しば》る
人の心を踏みにじる
こういう自由意思を阻《はば》まれた時に、気難しさとして現れていたことが、その頃少し判り始めていたからです。
娘が四人いても、誰一人としてこの店を継ぐ者は出ませんでした。そして、私達もそれをあえて望みませんでした。
娘達に主人は、男の子と同じような教育をして育てました。

時には、その厳しさに、私が泣きながら抗議《こうぎ》したこともありました。

「これからの時代は、女であるからこそ、自分で人生を切り開いて行くだけの力を、つけておいてやらねば……」

反対する私への、それが答えでした。

「これからの時代は、自分で決断し、いつでも食っていけるだけの、才覚を持たせることだ」

それが、娘達の将来の幸せに繋《つな》がって行くとの考えを、変えることはありませんでした。

娘達は、小学校、中学校、女学校、高校と、成績で心配させられたことは一度もありませんでした。

個人面談に行っても、ほとんど注意を受けた記憶《きおく》はありません。

末娘が在学中は、多忙な私が、PTAの副会長をしていたこともありました。

主人が、身をもって実行してきた、〈自由意思〉は、心の自由でした。物質的自由のことではありませんでした。

戦後から、今日に至るまでの〈自由〉は、物質的な視点のみで、主人の〈自由〉とは、あまりにもかけ離れていることだけは確かです。

今、地球がどんどん変容していますが、主人が言っていた〈心の自由〉が、これから重要課題になってくるように、私には思えるのです。

少し時代を先取りして、早く生まれ過ぎた主人は、あの戦争後の時代の流れに、適応できなかったのではないかと思うのでした。

〈三〉 火の玉

昭和五十二年五月十九日。

午前六時一分に病院で、主人は強靭《きょうじん》な心臓の鼓動に終止符を打ちました。

今回は、入院した日から、主人の意識はなくなりました。今日、明日と言われながら、一カ月近く、心臓の鼓動だけは働き続けたのです。

「今迄《いままで》難しい病人を見守ってきたが、こんな患者さんは初めてです」

治療に尽くして下さる方々の、主人に対するお声でした。

「手足の指先までが、生きている。万人に一人もこういう方はいないよ。珍しい患者で、私も大変勉強になりました」

担当医の最後の御言葉でした。

病院で身体《からだ》を清めてから、私は主人を自宅へと連れ帰りました。せめて、それが主人への、私の最後のお詫《わ》びの心でした。

葬儀は、一党内《いっとううち》の方々が仕切られる習《なら》わしですが、その交渉事は、横浜の末娘に一任しました。私は、喪主であっても、何一つ関《かか》わりませんでした。

「お寺さんへのご挨拶に、これからお伺いしますが、如何《いかが》しましょうか」

この御礼《おんれい》ですべてが終わると言われるまで、主人が身罷《みまか》ってからの数日間のことを、何も覚えてはおりませんでした。

倉敷の葬儀屋さんの花輪がなくなり、近郷《きんごう》、そして岡山からも取り寄せたと聞き及《およ》ぶ程《ほど》、花輪が、庭、店の前の道路の両側、そして四辻《よつじ》を曲がって十間先まで並びました。

囲碁《いご》仲間、将棋《しょうぎ》の友達、そして多くの知人、後にも先にも、これが主人への評価でした。

「墓参りなんか気にするな。元気で皆がいれば、それで良い」

日頃から口癖のように、主人は、私達に申しておりました。

初七日が過ぎ、四十九日も経て、私は疲れておりましたが、とにかく、店を開けるしかありませんでした。娘達も家持ちですから、いろいろ助けてもらいましたが、それぞれの生活の場へと帰ることになりました。

「店をやめてしまって、こちらに来るとよい」

と、これからのことについて、心配してくれましたが、その答えを私が出せなかったのです。

多忙な毎日を過ごすことで、少しずつ元のような生活を取り戻しつつありました。

自転車から車へと、どんどん変わって行く時代に、ついていくのは容易なことではありませんでした。

そんな折に、酒類販売業者の組合員による、会合が開かれました。

隣席の、古い付き合いのお方から、

「酒は現金売りなのに、つけで売っている店があると、誰かが中傷したらしい。やかましくなっているので、気をつけた方がいいよ」

耳打ちされました。

会合の内容は、酒類は現金売りが原則であることの確認とその徹底《てってい》でした。お開きになった後でのお話によると、うちの店で、長年〈つけ〉で売っていることが、指弾《しだん》されたことが判りました。

それ以後、〈酒は現金〉と書いて、店内に貼り出しておきました。

それでも、今迄《いままで》通り、お得意さんは先にお品を持って帰られ、後からの支払いでした。

酒だけではないので、つけで売ってきた習《なら》わしを改めることはすぐにはできないことでした。

支払いは、ある時払いの催促《さいそく》なしです。

集金することもありましたが、皆さん、その家々で個性があり、黙っていても頃合《ころあ》いを見て、持参してくださるのでした。

酒は現金売りと、決まりはそうなっておりましたが、私は、つけ売りを続けていたのです。

ある日、どこかでお見かけした方が、三人揃って来られました。

強面《こわもて》の顔で
「酒は現金売りのはず、お宅のようにつけで売られては、うちらも迷惑《めいわく》だ、組合員なら守って下さい。守らないなら酒店やめてもらうから」

偉そうに言い放つと、ぐるっと店内を三人で歩き見て、

「ヘエー、レミーマルタンですか、二万円もするの。ジョニ黒が六〇〇〇円、ジョニ赤が四五〇〇円、こんな赤ワインが定価で一万円もするのかねえ、ヘエー、こんなの飾りですか」

厭味《いやみ》を言って帰られました。

この頃は、うちの店では、ジョニ黒、ジョニ赤は、新しい客層が増してきて、利益は薄いのですが、かなりの数を出しておりました。今は、ジョニ黒も、ジョニ赤も、安く手に入るようですが、当時は高価なものでした。

それでも、新しく越してこられた客層が、定着し始め、ありがたいことに、扱ったことのない商品の注文を、お受けしておりました。

私が全く知らなかった、ブランディーのレミーマルタンを、数種類置くようになったのも、お客様の要望があったからでした。ワインもそうですが、いろんな種類があって、一本が二十万円もするものも扱いました。

車から降りられて、丁寧なご挨拶をされ、お名刺を下さったお方もおられました。注文を聞いた時は、どこのどなた様がお飲みになるのかと、見たことも聞いたこともない商品名に驚いたものです。

店を開けていても、庭に行く用事がある度に、主人の生前の姿を探すのでした。

濡縁《ぬれえん》に座って、じっと目を閉じている時もあれば、鋏《はさみ》を持って、庭木の手入れをしている姿に安堵《あんど》することもありました。

布団の中に居《い》る時は、そっと寝息を窺《うかが》うこともしばしばでした。和服姿で居住《いずま》いを正し、囲碁を一人で指《さ》しているのを見ると、どこが悪いのかと思う程《ほど》、しっかりとしていて、元気に見えました。

病気をしてからは、寡黙《かもく》で、書に親しむ時間が多かったように思います。

こうして、庭のどこを探しても、姿はなく、障子《しょうじ》の閉まった座敷の内も見えず、もう主人はどこにもいないと判っていながら、その気配に耳を澄まし、目を凝らすのでした。

「ここでしたか」

庭に入って来られたのは、ご近所のお方でした。

「淋しくなられましたね。今日は、お寿司作ったので、ほんの少しですが、お口に合うといいけれど」

優しい笑顔でした。

私は、包みを受け取りながら、涙がこぼれました。

他県から三年前位に、家族四人で転勤して来られたお方でした。

お店の品も良く買っていただき、またこうした、お心のこもったことも、時々していただいておりました。

いつの間にか、うちの周りの田んぼが消えて、家が立ち並ぶようになりましたが、その中の社宅に越して来られたお方でした。息子さんは京都の大学へ行かれ、高校生のお嬢さんと、水島の会社へお勤めのご主人と、今は三人暮らしだそうです。

主人のお見舞いに、病院へ度々来て下さいました。そして、ここにも、縁側《えんがわ》から顔を覗《のぞ》けてくださったりしておられました。

こうして、毎日のように私に逢っていても、話すことを躊躇《ためら》っていた――と。このお方の体験を、お話しくださいましたのは、十年を経た頃のことでした。

お嬢さんにお子さんが生まれ、お祝いの挨拶を申し上げた時に、

「お店のご主人がおられたら、初孫の名前お願いしたんだけれど、

もう考えて、考えて……まだ、決まらないのですよ。ご主人がお元気だったらねえ――」

そして、少し口ごもりながら、

「実はね、今まで黙っていたんです。誰にも言ってはならないと、口止めされてるの、今でも。もちろんうちの人以外、知らないことですが……」

ご説明によると、道路や家が間にあっても、方向として、このお方の二階の窓を開けると、私の家が見える位置にあるとのことでした。

夜十二時頃、窓を開けたら、東から暗い空に、星よりも大きい火の玉が、ふわっ――ふわっ――と飛んで、

〈あれ、あれ？　何だろう〉

と見ていたら、この家の上で消えたのだそうです。

「今のは、流れ星ではなかった。色が違う。人魂《ひとだま》だよ。見たことないが、それに違いない」

お互いに、怖い怖いと言い合って、ふとんの中へ入って、頭からもふとんを被ったそうです。お二方は、初めてのことで、無《む》性《しょう》に怖くて怖くて

「お店のご主人の病気、良くないのかも知れないね。今度、病院へ休みの日に行きましょう」

と、次の日曜日に病院へ行き、目を閉じている主人の姿を見ると、やはり怖くなってすぐに病室から出たとのことでした。

そのようなことを、今頃になってお話ししていただけたのでした。

主人が身罷《みまか》るまでに、その後三回、私の家に、火の玉が消えて行くのを、このお方は見ておられるのでした。

生まれて初めてこの目で見たので、初めは怖かったけれど、だんだん日が経つにつれて、

〈火の玉って何だろう〉――と。

それからずっとずっと、話し合っていたので、今は、怖くも何ともないとのことでした。

〈死んで身体《からだ》が亡くなっても、魂だけは生きている〉

という、昔から言われていることが、本当だと思うと、この一日をぼやぼやしておれないと仰《おっしゃ》るのでした。

「お店のご主人は、入院はいやだと奥さんを困らせておられたので、本人の魂が体から出て、このお家《うち》に毎晩のように帰って来ら

れていたのでしょうね。生きていてそういうことができるなんて、本当にすごいことだと思いました。人間の体の中には、本当に魂があるのですね。あの時〈火の玉〉を見てから、うちの人は随分《ずいぶん》やさしくなった気がします。私も少し、考え方が変わったのかもしれません」

もともと親切な穏やかなお方でしたが、その愛情がもっと、より細やかになられたように、私には感じられました。

二〇〇六年　つれづれに

ちよ女

うた

重き身は秘めるすべなく入院と
医師の言葉にしばしまどいぬ

生命《いのち》なき枯葉《かれは》なれどもおおしくも
土にかえりて強き支えに

夕暮れの野道を急ぐ人影か
蛙《かわず》の声のコロコロ聴《きこ》ゆ
闇の中くるくる舞の迷《まよ》い人《びと》
やさし静《しず》かに明かりが誘ふ

日々早く孤独に耐えて束《つか》の間も
亡き夫の面《おも》消ゆる時なし

三回忌《き》夫の墓前にぬかづきて
孤独《こどく》の日々の頑張りを告ぐ

行く雲に
つれていってよ
すがりたし
涙でかすむ
しばしの祈り

二〇〇六年　長月
ちよ女

〈著者紹介〉

ちよ女（ちよじょ）

1910年（明治43年）生まれ。

岡山県苫田《とまた》郡高田村（現津山市）出身。

農林業を営む旧家《きゅうか》の一女として生まれる。

20歳の時、酒類・塩・乾物などを扱う倉敷市の商家に嫁《か》す。

４人の子どもを育てながら、67歳で夫が亡くなってからも、一人でのれんを守り抜く。

趣味の川柳《せんりゅう》・短歌は、一昔《ひとむかし》前、山陽俳壇《さんようはいだん》で多数の作品入選実績がある。

(2008年　3月　30日　宙《そら》へ)

ちよさんシリーズ（全５巻）

それ行けちよさん93歳!!

　　『粗大ゴミからの脱出』（2005年　12月）

それ行けちよさん94歳!!

　　『私が小《ち》っちゃいだけなのよ』（2006年　２月）

それ行けちよさん95歳!!

　　『そこ行く婆《ばあ》や、待ったしゃれ』（2007年　２月）

それ行けちよさん96歳!!

　　『おとぼけちよさんどこ行くの』（2009年　７月）

それ行けちよさん!!

　　『ありがとさん』（2009年　８月）

以上たま出版

それ行けちよさん!!
ありがとさん

2009年８月21日　初版第１刷発行

著　者／ちよ女
発行者／韮澤 潤一郎
発行所／株式会社たま出版
〒160-0004 東京都新宿区四谷4－28－20
☎ 03-5369-3051（代表）
http://tamabook.com
振替　00130-5-94804
印刷所　株式会社エーヴィスシステムズ

ISBN978-4-8127-0285-7　C0011